TRES DESEOS
MICHELLE CONDER

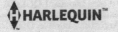

Editado por Harlequin Ibérica.
Una división de HarperCollins Ibérica, S.A.
Núñez de Balboa, 56
28001 Madrid

© 2017 Michelle Conder
© 2018 Harlequin Ibérica, una división de HarperCollins Ibérica, S.A.
Tres deseos, n.º 2608 - 7.3.18
Título original: The Italian's Virgin Acquisition
Publicada originalmente por Mills & Boon®, Ltd., Londres.

I.S.B.N.: 978-84-9170-592-5
Depósito legal: M-907-2018
Impresión en CPI (Barcelona)
Fecha impresion para Argentina: 3.9.18
Distribuidor exclusivo para España: LOGISTA
Distribuidor para México: Distibuidora Intermex, S.A. de C.V.
Distribuidores para Argentina: Interior, DGP, S.A. Alvarado 2118.
Cap. Fed./Buenos Aires y Gran Buenos Aires, VACCARO HNOS.

Capítulo 1

SEBASTIANO miró su Rolex mientras entraba en SJC Tower, el edificio en el que se encontraban sus oficinas en Londres, haciendo caso omiso a la lluvia invernal. Desde el momento en el que se levantó aquella mañana, supo que el día iba a resultarle interesante y no precisamente en su connotación más positiva.

No iba a permitir que ruidosos trabajadores, una visita imprevista de su examante o una rueda pinchada lo apartara de su objetivo. Llevaba dos años esperando que llegara aquel día y, por fin, su anciano y testarudo abuelo iba a entregar las riendas de la dinastía familiar. Por fin.

Bert, el jefe de seguridad, lo saludó con una inclinación de cabeza cuando Sebastiano se acercó al mostrador de recepción. No parecía sorprendido de ver cómo su jefe llegaba a trabajar el domingo por la mañana.

–¿Vio el partido ayer, jefe? –le preguntó Bert con una radiante sonrisa.

–No presumas –le aconsejó Sebastiano–. Es una costumbre muy poco atractiva.

La sonrisa de Bert se amplió aún más.

–Sí, señor.

Aquella amistosa rivalidad era fuente de gran regocijo para Sebastiano. Demasiado a menudo, los que le rodeaban se escondían detrás de una máscara de deferencia para mostrarse siempre de acuerdo con él solo porque Sebastiano había nacido rodeado de riqueza y privilegios. Aquello le resultaba muy irritante.

Miró el periódico que Bert tenía extendido sobre el mostrador y en el que se veía una fotografía de Sebastiano saliendo de una elegante y aburrida fiesta la noche anterior. Evidentemente, su ya examante, había visto las mismas fotografías en Internet, razón por lo que le había abordado en el exterior de su domicilio en Park Lane a primera hora de la mañana cuando Sebastiano regresaba de correr. Quería saber por qué no la había invitado a asistir con él.

Pensándolo bien, decirle que había sido «porque no se le había ocurrido», no había sido una respuesta muy acertada. Después de eso, la situación se había deteriorado muy rápidamente y había terminado cuando ella le dedicó un ultimátum: o Sebastiano permitía que la relación progresara o se terminaba allí mismo. En realidad, Sebastiano no podía culparla por sentirse frustrada. Hacía un mes, la había asediado con la misma determinación que lo había empujado a colocarse en lo más alto de la lista Forbes 500 a la edad de treinta y un años.

Por supuesto, se había disculpado con ella, una bailarina de ballet de renombre mundial, pero ella no se había mostrado muy impresionada. Ella se había limitado a lanzarle un elegante beso por encima del hombro y a asegurarle que él se lo perdía, antes de salir de su vida.

—Le deseo mejor suerte la próxima vez, jefe —añadió Bert, fingiendo sentirse muy compungido.

Sebastiano gruñó. Sabía que Bert se refería al partido de fútbol de la noche anterior, en el que su equipo había hecho pedazos al de Sebastiano.

—Si tu equipo vuelve a ganar —le dijo Sebastiano mientras se dirigía al ascensor—, te bajaré el sueldo a la mitad.

–¡Sí, señor! –exclamó Bert con una amplia sonrisa.

Sebastiano se metió en el ascensor y apretó el botón. Esperaba que su asistente hubiera tenido tiempo de terminar los informes que quería presentar a su abuelo. Normalmente, jamás le hubiera pedido a Paula que fuera a trabajar en domingo, pero su abuelo le había ido a visitar en el último momento y no quería dejar nada al azar.

En realidad, no era su instinto para los negocios lo que provocaba la reticencia del anciano a cederle el control de la empresa. No. Lo que quería era ver cómo Sebastiano sentaba la cabeza con una encantadora *donna*, que, más adelante, se convirtiera en la madre de numerosos *bambini*. Su abuelo quería que, en su vida, hubiera algo más que trabajo. Una existencia equilibrada. Sebastiano sospechaba que aquella idea no había salido de su abuelo, sino de su adorada esposa. Y lo que la *nonna* quería, lo conseguía.

Sus abuelos eran italianos a la vieja usanza. Si no había una buena mujer cocinando en la cocina y calentándole la cama por la noche, consideraban que estaba viviendo una vida solitaria y triste. Aparentemente, el hecho de que un ama de llaves se preocupara de que comiera caliente y que muchas mujeres le calentaran la cama, no era suficiente para ellos.

Una pena. Para Sebastiano, estar ocupado era parte de su equilibrio entre vida y trabajo. Le encantaba. No pasaba ni un día en el que no se despertara deseando buscar nuevas oportunidades de negocio y excitantes desafíos. ¿Amor? ¿Matrimonio? Ambas situaciones requerirían un nivel de intimidad que él no estaba dispuesto a alcanzar.

En aquellos momentos, estaba en la cumbre de su vida. Acababa de comprar la empresa de suministro de acero y de hormigón de Gran Bretaña y le parecía que el aquel momento era el óptimo para hacerse cargo de Castiglione Europa. Los dos negocios se complementaban tan perfectamente que ya le había pedido a su equipo de marketing y ventas que crearan un plan para abrirse paso en la industria de la remodelación hotelera por el este de Europa. Solo tenía que convencer a su obstinado *nonno* para que se jubilara y se retirara con su adorada esposa a la mansión que la familia poseía en la costa de Amalfi. Entonces, y solo entonces, podría Sebastiano compensar a su familia por el dolor causado hacía quince años.

Sumido en sus pensamientos, encendió las luces de la planta y oyó que le llegaba un mensaje a su teléfono móvil. Lo abrió y se detuvo en seco.

Lo leyó dos veces. Aparentemente, Paula estaba en Urgencias con su esposo porque parecía que él se había roto el tobillo. El informe que él le había pedido seguía aún en el ordenador de Paula. Sebastiano frunció el ceño. Su abuelo estaba a punto de llegar en cualquier momento.

Le contestó diciéndole que esperaba que su esposo se encontrara bien y sacó el portátil de Paula para llevárselo a su propio despacho. Recorrió ávidamente la pantalla, buscando la carpeta que contuviera el informe que necesitaba. No lo encontró.

Genial. Aquello era simplemente genial.

Poppy miró su reloj de Mickey Mouse y lanzó un sonido de impaciencia. Tenía que marcharse de allí. Su hermano Simon la estaría esperando y siempre se ponía muy nervioso cuando ella llegaba tarde. Además, a Maryann, la maravillosa vecina que había sido para ellos más que una madre, acababan de diagnosticarle esclerosis múltiple. Había sido un golpe muy cruel para una mujer que era tan hermosa en el exterior como en el interior y Poppy quería hacer algo bonito por ella.

Trató de no seguir pensando en aquella horrible noticia y se apretó la coleta que se había hecho apresuradamente antes de repasar el documento legal que quería presentar a su jefe al día siguiente por la mañana. Solo le quedaba una semana para dejar su trabajo como becaria en SJC International y quería asegurarse de destacar. Tal vez, si impresionaba a los jefes lo suficiente, cuando terminara sus estudios de Derecho podría conseguir un trabajo allí. El pez gordo era Sebastiano Castiglione, el jefe de su jefe. Ella no lo conocía personalmente, pero lo había visto recorriendo los pasillos con autoridad, indicando que era un hombre acostumbrado siempre a conseguir sus objetivos.

Se sorprendió pensando en su atractivo aspecto de chico malo y se recordó que su reputación iba en la misma línea. Recogió las carpetas que había estado utilizando y apagó el ordenador. Como le costaba madrugar por las mañanas, le habría gustado poder trabajar desde casa aquella mañana, pero su ordenador era muy antiguo y no podía instalar en él el programa que necesitaba utilizar. De todos modos, como solo era una becaria, no tenía autorización para descargarlo a pesar de estar trabajando para la empresa.

Se masajeó el cuello y estaba a punto de marcharse cuando se fijó en el libro que había tomado prestado de Paula hacía una semana. El día siguiente iba a ser un día muy ajetreado, por lo que sería mejor devolvérselo cuando se marchara aquel mismo día.

Normalmente, no tendría acceso a la planta en la que se encontraban los despachos de los ejecutivos, pero, dado que su jefe le había prestado su pase de acceso, podría ir un instante. No quería que el señor Adams tuviera problemas por su culpa, pero tampoco quería devolver el libro demasiado tarde y parecer poco cuidadosa. Una de las mejores maneras de destacar como becaria era ser todo lo eficaz que fuera posible y Poppy se tomaba su trabajo muy cuidadosamente. Además, dado que no había nadie más allí aquella mañana, ¿quién podría enterarse?

Tomó el libro y se dirigió hacia el ascensor. Después de criarse en el sistema de familias de acogida desde los doce años y tener que ocuparse de un hermano diez años más pequeño que había nacido sordo, sabía que la única manera de salir de su pobre existencia era centrarse en convertirse en alguien mejor. Había tenido una segunda oportunidad cuando Maryann los encontró a los dos acurrucados junto a un radiador en la estación de Paddington hacía ocho años. Poppy tenía intención de aprovechar al máximo esa oportunidad para asegurarse de que los dos tenían un futuro.

Pasó la tarjeta de acceso y apretó el botón que la llevaba a la planta ejecutiva. Entonces, esperó pacientemente a que el ascensor se abriera frente al elegante vestíbulo. Atravesó el pasillo y se dirigió a la zona de oficinas del señor Castiglione. Al llegar allí, se sobresaltó cuando una profunda voz masculina lanzó una maldición.

Con el corazón latiéndole con fuerza en el pecho, Poppy se dio la vuelta para ver de quién se trataba. No pudo ver a nadie. Entonces, otra maldición quebró el aire y ella se dio cuenta de que había salido del despacho principal.

La curiosidad la había perdido siempre. Dio unos pasos hasta la puerta del despacho del señor Castiglione y encontró que la puerta estaba abierta. Al verlo allí, con las piernas separadas frente a los enormes ventanales, contuvo el aliento.

Lo habría reconocido en cualquier parte. Poderoso,

salvaje, tremendamente guapo. Se mesaba el negro cabello, alborotándoselo. Para ser italiano, era muy alto. También era muy fuerte, como si hiciera ejercicio todos los días. Dado que tenía reputación de trabajar veinticuatro horas al día, Poppy no sabía de dónde sacaba el tiempo, pero se alegraba de ello. Era una golosina para los ojos. Un bombón, como a Maryann le gustaba decir.

De repente, como si él sintiera su presencia, dejó de mirar el teléfono móvil que tenía entre las manos y se dio la vuelta. La atravesó con sus brillantes ojos verdes. Durante un instante, Poppy se olvidó de respirar.

–¿Quién demonios es usted?

–Soy una becaria –respondió Poppy aclarándose la garganta–. Poppy Connolly. Trabajo para usted.

Él frunció aún más el ceño y la miró de arriba abajo.

–¿Desde cuándo se ha considerado apropiado venir a la oficina con unos vaqueros y un jersey?

Poppy se sonrojó.

–Es domingo –dijo a modo de explicación–. No esperaba encontrarme con nadie.

En realidad, aquella explicación no resultaba muy válida cuando él iba ataviado con una inmaculada camisa, corbata roja y pantalones oscuros que hacían destacar sus poderosos muslos.

–Sí. Es domingo. ¿Por qué está usted aquí?

–Me queda una semana y quería terminar una presentación para el señor Adams. Él me dio permiso para venir.

–Está llevando su dedicación un poco lejos, ¿no le parece?

–No, si una quiere salir adelante –respondió ella–. Me encantaría trabajar aquí cuando termine mis estudios. Mostrarse flexible y comprometido son dos de las cosas que los becarios pueden hacer para resaltar.

Poppy había estado tan segura de que él la iba a

echar de su despacho que se sorprendió mucho cuando Castiglione le preguntó:

—¿Y cuáles son las otras?

—Ser puntual, tratar la oportunidad como si fuera un trabajo de verdad y vestirse de manera adecuada.

—Veo que esa no la ha tenido en cuenta —comentó él en tono de sorna.

Poppy sintió que se sonrojaba y que el corazón comenzaba a latirle al doble de su velocidad normal. Probablemente, lo de encontrar atractivo al jefe no estaba en el listado de las cosas que una becaria debía tener en cuenta, por lo que trató de encontrar la manera de salvar una situación que se estaba deteriorando rápidamente.

Cuando el teléfono comenzó a sonar en el escritorio de Castiglione, Poppy dio las gracias en silencio.

—Permítame que conteste yo —dijo de la manera más profesional posible.

Antes de que Castiglione pudiera responder, ella ya había llegado al escritorio y había agarrado el teléfono. Le sonrió ampliamente mientras decía:

—Despacho del señor Castiglione.

La sonrisa se le heló ligeramente en los labios al darse cuenta de que al otro lado de la línea se escuchaba un hilo de voz de una mujer llorosa. Tenía un fuerte acento, por lo que, además de la tristeza que la embargaba, Poppy casi no podía entenderla.

—Siento interrumpir... ¿Está Sebastiano?

—Sí, está aquí —contestó ella, consciente de que el hombre del que estaban hablando la estaba mirando fijamente—. Sí, por supuesto. Un momento —añadió. Como no sabía qué botón apretar para que su interlocutora no pudiera escuchar nada, tapó el auricular con una mano y le ofreció a él el teléfono—. Es para usted —le dijo en voz muy baja.

–Qué sorpresa –replicó él con ironía.

Poppy se volvió a sentir como si hubiera metido la pata y dio un paso atrás para facilitarle a él el acceso al escritorio.

–¿Sí? –rugió al auricular.

Al ver que él fruncía el ceño profundamente, Poppy decidió tomar la iniciativa y prepararle un café. Así, esperaba ganarse algunos puntos positivos, tal vez algunos de los que había perdido pasándole aquella llamada, que probablemente era de su novia. O tal vez de su ex, dado que la mujer estaba llorando. Todo el mundo en la empresa conocía bien sus breves conquistas, como el hecho de que Paula siempre se ocupaba de comprarles una carísima joya como compensación tras la ruptura.

Se dirigió rápidamente a la cafetera. Cuando regresó con la taza, se sorprendió al ver que él seguía hablando por teléfono. Se estaba mesando el cabello con gesto cansado, por lo que Poppy se sintió muy orgullosa de sí misma por haber pensado en el café. Estaba a punto de marcharse cuando él, de repente, le agarró con fuerza la muñeca para evitar que se fuera.

Poppy se detuvo de repente y observó cómo los bronceados dedos habían comenzado a acariciarle suavemente la parte interna de la muñeca. Ella sintió que se le cortaba la respiración al sentir cómo una oleada de placer comenzó a extendérsele por el brazo. Lo miró y, por el modo en el que a él le relucían los brillantes ojos verdes, supo que había notado aquella reacción.

El deseo se apoderó de Poppy junto con un sentimiento de incredulidad, no solo porque aquel hombre fuera de hecho su jefe, sino porque estaba hablando con una mujer que, con toda seguridad, era o había sido su novia y le estaba acariciando a ella la muñeca mientras la otra mujer lloraba.

Canalla.

Enojada de haber sentido tanto placer dadas las circunstancias, Poppy apartó la mano y golpeó sin querer la taza que, tan solo instantes antes, había colocado tan cuidadosamente sobre la mesa. Antes de que ninguno de los dos fuera capaz de reaccionar, el café salió volando por encima del escritorio y fue a caer sobre la pechera de la impecable camisa de su jefe.

Sebastiano lanzó una maldición en italiano que hizo que Poppy se sonrojara a pesar de no comprender ni una sola palabra. Lo miró boquiabierta mientras él colgaba el teléfono y se apartaba la húmeda camisa del pecho.

—¿Qué demonios ha hecho? —le espetó con furia.

—Yo... Usted...

Poppy miró desesperadamente a su alrededor y, por fin, agarró un montón de pañuelos de papel de una caja que había en una estantería y comenzó a secarle el pecho. Cuando Castiglione levantó la mano para que ella se detuviera, Poppy se dio cuenta de que le habían caído unas gotas en la bragueta y, sin pensar, comenzó a secarlas. Inmediatamente, la mano volvió a inmovilizarle la muñeca. Aquella vez, no hubo caricias.

—Tengo una camisa en el armario que hay a sus espaldas. Vaya por ella.

Al notar la irritación con la que él la miraba, Poppy se sonrojó. El aire pareció restallar entre ellos como un relámpago en un día de tormenta.

—Sí, lo siento... Yo...

—Más pronto que tarde estaría bien —gruñó él.

—Enseguida —tartamudeó ella.

Incluso más enojada consigo misma que antes, fue al armario y sacó la camisa limpia de la bolsa en la que se encontraba. Cuando se dio la vuelta, nada la hubiera preparado para encontrarse a su jefe con el torso desnudo, secándose el musculado abdomen con un buen montón de pañuelos... Dios santo... Tenía capas de músculo unas encima de otras y, además, aquella perfección bronceada se hallaba cubierta de un vello oscuro que, poco a poco, se iba estrechándose hasta perderse por debajo de la cinturilla del pantalón...

—Yo... Usted —susurró ella señalándole el torso—. Tiene una marca roja en el pecho. ¿Quiere que vaya a por una pomada al botiquín?

—No. No quiero que haga nada más.

—Está bien —dijo Poppy. Le entregó la camisa y se dio la vuelta, con la esperanza de que él no pudiera escuchar los latidos de su corazón—. Lo siento... —tartamudeó muy avergonzada—. No sé lo que ocurrió. Normalmente no soy tan torpe... de verdad... pero cuando usted... yo... de verdad que lo siento mucho.

—Estoy seguro de ello —replicó él secamente.

Al escuchar el susurro de la tela, Poppy se dio la vuelta y se lo encontró metiéndose la camisa en los pantalones y tragó saliva. Deseó no saber lo que había debajo de aquella camisa, porque no era capaz de sacarse la imagen de aquel bronceado torso de la cabeza. Observó en silencio cómo él se colocaba los puños y se ponía la corbata.

—Al menos el café no le ha manchado la corbata.

—¿Y se supone que eso me tiene que consolar? —le espetó ella

—No fue mi intención —repuso ella con cierta aspereza—. Usted me estaba frotando la muñeca mientras rompía con su novia.

—¿Y eso le hizo echarme el café encima?

—No lo hice deliberadamente —dijo ella pensando que, en realidad, se lo había merecido—. Tal vez debería dar las gracias porque no estuviera muy caliente.

—Estaba muy caliente —afirmó él con gesto implacable.

Poppy se mordió el labio y observó con interés mientras él se peleaba con la corbata. Castiglione lanzó una maldición, se la arrancó y volvió a empezar. Ella sintió deseos de esbozar una sonrisa. Había algo cómico en que un hombre tan grande y tan capaz tuviera tamaña pelea con una inocente tira de tela.

—¿Quiere que lo ayude con eso?

—Creo que ya ha hecho más que suficiente, ¿no le parece? —repuso él, atravesándola de nuevo con la mirada.

Poppy levantó las manos.

—Mire, no tengo café...

Ni siquiera un amago de sonrisa adornó aquellos hermosos labios. A Poppy le pareció que era una pena que un hombre tan guapo no tuviera sentido del humor.

Se estaba preguntando si habría llegado ya el momento de retirarse cundo él, de repente, le indicó el ordenador que tenía sobre el escritorio.

—¿Sabe usar un Mac?

—Sí —replicó ella con una sonrisa.

—Necesito imprimir un informe antes de que llegue mi abuelo a una reunión. ¿Cree que podrá hacerlo?

Poppy se humedeció los labios.

—Por supuesto —contestó ella. Tomó asiento y colocó los dedos sobre el teclado—. ¿Cómo se llama el archivo?

Castiglione se inclinó sobre ella. Poppy pudo disfrutar del aroma del sándalo.

—Si lo supiera, becaria, ya lo habría hecho yo, ¿no le parece?

—Sí, bueno. Claro...

Cuando se dio cuenta de lo cerca que estaba él, Poppy se quedó sin palabras. Los labios se le secaron más rápido que una gota de agua en el desierto.

—Tendrá que ver algo con Castiglione Europa o su abreviatura, CE.

Poppy trató de ignorar las mariposas que le revolo-
teaban en el estómago y examinó los archivos, pero no
encontró nada relacionado. Entonces, vio uno muy interesante.

–¿Se va usted a casar? –le preguntó.

–No. ¿Por qué lo pregunta?

–Por nada, pero Paula tiene un archivo que se llama
«Operación Casamiento», pero seguramente tiene que
ver con la apuesta y no con lo que usted está buscando.

–¿Cómo?

Poppy deseó haber guardado silencio. Ya no le quedaba más remedio que explicarse.

–La apuesta –dijo–. Hasta yo he oído que su abuelo
trata de animarlo a que siente la cabeza y bueno... algunos del departamento legal lo han denominado «Operación Casamiento».

–Veo que los chismes corren que vuelan por la oficina... ¿Y por qué no me he enterado yo?

–Bueno, evidentemente porque el chisme en cuestión es sobre usted, pero no se preocupe. Nadie cree
que lo vaya a hacer.

–Menos mal que mis empleados me conocen bien.

Poppy se encogió de hombros, aliviada al ver que él
no parecía molesto.

–Por su reacción, entiendo que no hay nada que le
parezca peor que el matrimonio.

–La muerte.

Poppy sonrió.

–Entiendo. Sin embargo, a mí me parece muy bonito
que su abuelo quiera que encuentre el amor.

–Me alegro de que se lo parezca. Abra el archivo –le
ordenó señalando la pantalla. Poppy tuvo que obligarse
a centrarse en sus indicaciones y no en el fuerte brazo
que rozaba el de ella–. Ahí está. Imprímalo –añadió.
Entonces, se incorporó y lanzó una maldición.

Poppy lo miró y vio que estaba de nuevo peleándose con la corbata.

—Sé cómo hacer el nudo de la corbata —murmuró.

Castiglione la miró durante un instante como si estuviera dudando de que así fuese. Entonces, soltó la corbata.

—Está bien. Soy todo suyo.

Convencida de que su rostro debía de estar tan rojo como le parecía, Poppy no pudo evitar recordar al último hombre que había encontrado atractivo y cómo había terminado aquello para su hermano y para ella. Dejó a un lado aquel humillante recuerdo y agarró la corbata. Era alto, más de un metro ochenta y ella tuvo que ponerse de puntillas para poder colocar el nudo en el centro. Tan cerca, podía sentir su calor, el olor de su potente masculinidad. Le hacía desear inclinarse sobre él y acurrucarse contra su cuerpo para poder aspirar más profundamente.

No lo haría. No era tan necia.

Se fijó en la bronceada garganta y notó cómo esta tragaba saliva. Se negó a contemplar su rostro.

—¿Qué clase de nudo desea? —le preguntó. Su voz sonaba ronca, completamente diferente a la suya

—¿Qué clase de nudos es capaz de hacer? —replicó él. La voz parecía también más profunda, más ronca.

—Todos.

—¿Todos?

Poppy se aventuró a mirar hacia arriba y descubrió que él la observaba atentamente.

—¿Cuántos hay?

—Dieciocho que yo sepa.

—Dieciocho. ¿Y puede ponerles nombre?

—Sí —replicó ella riendo—. ¿Quiere que lo haga?

—No —contestó él riendo también—. Evidentemente, lo ha hecho antes para un hombre muy afortunado.

–Para un maniquí. Me ocupaba de vestir a los maniquíes para los escaparates durante el instituto.

–Pues qué suerte los maniquíes –comentó él con una sonrisa.

Poppy le colocó la mano sobre el pecho para empezar a hacer el nudo. Sintió los fuertes latidos del corazón contra el esternón. Incluso le pareció notar que un temblor le recorría el cuerpo. De repente, se sintió rodeada por la calidez de su cuerpo, por su delicioso aroma masculino y tuvo que tragar con fuerza para poder hablar.

–Entonces, ¿cuál le hago?

–Un nudo Windsor –murmuró él.

–Ese es el que prefieren la mayoría de los hombres.

–¿Está usted diciendo que soy vulgar, señorita Connolly?

–No –replicó ella mientras comenzaba a ejecutar el nudo. El corazón le latía dos veces más rápido de lo habitual–. Es el más grande y la mayoría de los hombres que se ponen corbata prefieren los nudos grandes.

–Probablemente la mayoría de las mujeres también prefieren que ellos tengan un nudo grande –comentó él con voz profunda–. ¿No le parece?

Poppy decidió a no seguir la conversación por si de verdad él estaba flirteando con ella. Era lo último que deseaba.

–No lo sé, señor Castiglione. No salgo con hombres que se ponen corbatas –mintió. En realidad, no salía con hombres. Punto final.

–¿No?

–No.

–Entonces, ¿qué se ponen?

–Nada. Es que... –musitó. Se sonrojó furiosamente mientras le colocaba el cuello en su sitio–. Ya está. Hecho.

–Un consejo, señorita Connolly –le dijo él. Esperó a que ella levantara la mirada antes de continuar–. Si consiguiera un trabajo aquí, no vuelva a pasarme una llamada sin descubrir primero de quién se trata.

Poppy recordó lo disgustada que había estado la mujer que llamó y frunció los labios.

–¿Ni siquiera si la persona que llama está llorando?

–En especial si la persona que llama está llorando.

Poppy se preguntó si él era realmente tan duro y cruel como se decía. Le miró los labios. Eran firmes y bien esculpidos sin parecer duros. Los rumores decían también que era capaz de hacer que una mujer se volviera loca en la cama. Se preguntó si aquellos labios serían duros o suaves.

Al darse cuenta de lo que acababa de pensar, volvió a sonrojarse, más si cabe en aquella ocasión.

–¿Por qué me agarró la muñeca? –le preguntó en tono beligerante–. Cuando estaba hablando por teléfono.

Había empezado a acariciársela tan suavemente que ella aún podía sentir el contacto de los dedos contra la piel.

–En realidad no lo sé...

Le miró el rostro. Sus ojos verdes tenían una mirada ardiente y apasionada. Poppy parpadeó, incapaz de apartar los suyos. Estaba acostumbrada a que los hombres se fijaran e ella y que incluso la encontraran atractiva, pero no estaba acostumbrada a que ese interés provocara respuesta en ella. No estaba acostumbrada al abrumador deseo de...

–*Scusa,* Sebastiano, *sono in anticipo*?

Una voz profunda y algo cascada rompió el momento y sacó a Poppy de la bruma sensual en la que se encontraba.

Capítulo 2

CASTIGLIONE fue el primero en dar un paso atrás. Poppy se sintió muy avergonzada. Durante un momento, se había olvidado de que eran jefe y empleada, de que ya llegaba tarde para reunirse con Simon. Su hermano habría empezado a inquietarse al ver que ella no regresaba cuando le había dicho como consecuencia de lo ocurrido durante su infancia.

–No, no llegas temprano, *nonno*. De hecho, llegas tarde –murmuró Sebastiano sin dejar de mirarla–. La señorita Connolly tan solo me estaba ayudado a colocarme la corbata.

Sintiéndose como si la hubieran pillado con las manos en la masa, Poppy se volvió a mirar al anciano, que era una versión más madura de su atractivo jefe, y sonrió.

–Te presento a Poppy Connolly, *nonno*. Poppy, este es mi *nonno*, el señor Giuseppe Castiglione.

–*Buongiorno, come stai?* Encantado de conocerla –dijo el abuelo con una amplia sonrisa.

Poppy murmuró un saludo mientras se preguntaba si sería una grosería marcharse de allí corriendo.

Estaba a punto de hablar para poner en práctica su deseo, cuando el teléfono de Sebastiano comenzó a sonar. Él miró la pantalla y frunció el ceño.

–*Nonno, scusa un momento.*

Poppy se preguntó si volvería a ser la mujer que

había llamado antes, pero entonces comprendió que la pobre no habría llamado al despacho si hubiera tenido su teléfono móvil. Eso seguramente demostraba lo mucho que ella le importaba, es decir, muy poco. Se preguntó qué conseguía una novia temporal al final de una aventura con el viril Sebastiano Castiglione. ¿Diamantes o zafiros?

Apartó de su cabeza tales pensamientos sobre un hombre que, sin duda, tenía la intención de ponerla en la lista negra de Recursos Humanos. Poppy sonrió al abuelo y, una vez más, trató de salvar la situación.

–¿Le apetece algo de beber? ¿Un café? ¿Agua mineral? –añadió rápidamente al recordar lo ocurrido con el anterior café. El agua sería mucho mejor. No deja manchas.

–No, no –dijo el *signor* Castiglione con una sonrisa–. Relájese –añadió mientras se sentaba en una de las butacas que había frente al escritorio–. ¿Cuánto tiempo hace que conoce a mi nieto?

–No demasiado. Unas cinco semanas –dijo ella. En realidad, menos de una hora.

–Ah, *va bene*. Es muy exigente, ¿verdad? Necesita una mano firme.

La imagen de alguien manejando a Sebastiano Castiglione con mano firme hizo que Poppy quisiera soltar la carcajada. Sin embargo, estaba totalmente de acuerdo.

–Sí, por supuesto.

–Pero le maneja bien, ¿verdad?

–Yo no diría eso exactamente –dijo ella–. Su nieto es su propio jefe.

–No deje que se salga con la suya todo el tiempo. No es bueno para él.

Poppy sonrió al encantador anciano.

–Lo tendré en cuenta –murmuró pensando que había pocas posibilidades de que ella volviera a verlo después de la semana siguiente. Eso si llegaba hasta entonces, sobre todo por el modo en el que le había mirado la boca.

Mortificada de nuevo, miró rápidamente hacia el lugar en el que estaba Sebastiano. A pesar de su mala reputación con las mujeres, era el espécimen de hombre más perfecto con el que se había encontrado nunca. Alto, de anchos hombros y con un aire de poder que era como una advertencia invisible a los que se atrevían a enfrentarse a él.

Esa persona no sería ella. Poppy era más bien el tipo de mujer que se mantenía alejada de esa clase de hombres. En realidad, de cualquier clase de hombres. Tenía planes muy concretos para el futuro que tenían que ver con progresar en su profesión y no en enamorarse de un tiburón de los negocios bastante pagado de sí mismo.

Desgraciadamente, antes de que pudiera apartar los ojos de él, los de Sebastiano conectaron con los suyos y algo que aumentó la temperatura de su cuerpo y la hizo temblar se apoderó de ella. Una vez más, experimentó el efecto que él ejercía en ella. Vio que los ojos de Castiglione se oscurecían y que le decía con la mirada que era capaz de leer sus más oscuros pensamientos.

–*Sei la persone giusta* –dijo el anciano asintiendo y sonriendo.

–¿Qué? Ah, sí... –dijo Poppy. Se volvió para mirarlo, aliviada de sentir cómo se rompía el hechizo–. Está bien... Bueno... –añadió dándose la vuelta justo cuando Sebastiano regresaba junto a su abuelo, por lo que estuvo a punto de chocarse con él–. Lo siento –se disculpó dando un paso atrás–. Yo... dejaré que celebren su reunión. Ha sido un placer conocerlo, *signor* Castiglione.

–¿Qué? ¿No hay café? –se burló Sebastiano.

Poppy lo miró asombrada. ¿Estaba haciendo una broma?

–Sí, era una broma. Parece que no estoy muy en forma –añadió él–. Gracias por hacerme el nudo de la corbata.

–De nada.

El sentido común le decía que se despidiera y saliera corriendo.

–Que... tengan una buena reunión –dijo, cuando consiguió por fin articular palabra.

Salió rápidamente del despacho, sin detenerse hasta que llegó las puertas del ascensor se cerraron detrás de ella y sintió que podía dejar por fin atrás aquella surrealista experiencia. Entonces, se derrumbó contra la pared y se preguntó si lo que acababa de experimentar habría ocurrido en realidad.

En cuanto cerró la puerta de su despacho, Sebastiano se volvió a su abuelo.

–¿Qué tal tu vuelo?

–Bien. Esa mujer –dijo asintiendo lentamente–, me gusta.

Una imagen de los delicados dedos de la becaria rozándole el torso le ocupó el pensamiento. A él también le gustaba. Al menos a su cuerpo.

Desde el primer momento que la vio, había sentido como si le hubieran dado un puñetazo en la boca del estómago. Por eso le había soltado aquella grosería sobre su ropa. Por supuesto, en domingo podía llevar la ropa que deseara a la oficina. No era un tirano. Simplemente, se había sentido completamente anonadado por aquellos ojos azules que lo miraban directamente a los suyos, sin artificio alguno.

El resto de ella tampoco estaba mal. En realidad,

estaba muy bien. Tenía un cuerpo espléndido. Estrechas caderas, senos redondeados y una espesa melena de cabello castaño recogido en una coleta alta que dejaba al descubierto un esbelto cuello. Y aquellos dulces y rosados labios... No era su tipo en nada, pero tenía algo que le resultaba a la vez pícara e inocente. Y apasionada. El modo en el que le había mirado... una chispa inteligente que iluminaba aquellos ojos azules como si ella fuera capaz de ver a través de él.

Cuando se sonrojó y le preguntó por qué había estado sujetándole la muñeca, Sebastiano había sentido un inexplicable deseo de saber cómo sería levantarse a su lado, con el rostro de aquel mismo color por efecto de sus caricias.

El recuerdo lo hizo detenerse en seco. Ella era una becaria de su empresa, por lo que, automáticamente, quedaba fuera su alcance por muy tentadora que fuera. Además, él siempre mantenía sus relaciones a un nivel superficial, sin complicaciones. Había algo en la actitud de aquella mujer que le hacía estar seguro de que aquella no era la actitud que ella demostraba ante las relaciones. Por esto, tenía intención de olvidar que la había conocido.

—Me alegro de que te guste —le dijo a su abuelo—, pero lo que quiero es que te guste que yo vaya a ser el nuevo director ejecutivo de Castiglione Europa. Tú no puedes seguir viajando a Roma con tanta frecuencia para pelearte con todos los que hay allí y lo sabes. También sabes que *nonna* quiere que te jubiles. Ya va siendo hora.

—¿Hora para qué? ¿Para jugar a la petanca o recoger uvas? ¿Para pasar tiempo con mis nietos? Bueno, esa sí sería una razón para jubilarme —añadió señalando con el dedo a Sebastiano.

«Ya empezamos», pensó Sebastiano. «Operación

Casamiento». El nombre era bastante ingenioso, pero tendría que hablar muy seriamente con Paula por no haberle informado de lo de la apuesta.

—Sí, sí. Sé lo que quieres. Y estoy en ello.

—¿Y qué te impide avanzar? —le preguntó su abuelo—. ¿Acaso te está costando que ella te diga que sí? ¿Es eso?

Al darse cuenta de que su abuelo estaba refiriéndose a Poppy y lo agradable que ella parecía, Sebastiano se encogió de hombros.

—Olvídate de eso —dijo. No quería volver a pensar en la becaria—. Dime lo que quiero escuchar. Tienes que jubilarte y, ahora, con el nuevo acuerdo que acabo de dar por finalizado, no podía ser mejor momento para fusionar SJC con el negocio familiar. Lo sabes tan bien como yo.

El anciano se tomó su tiempo en contestar.

—Te diré ahora mismo que estoy impresionado con lo que acabo de ver —respondió por fin el abuelo, muy lentamente—. Deberías haber mencionado a Poppy antes.

¿Poppy? ¿Seguían hablando de la becaria?

—¿Y por qué debería haberla mencionado antes? —preguntó. Estaba completamente seguro de que su cerebro le estaba ocultando algo muy importante.

—Ah, entiendo. Quieres entregarme la empresa familiar con tus condiciones y no con las mías. Ese orgullo tuyo no te va a reportar nada bueno a la larga. Te lo he dicho siempre.

—*Nonno...*

—Siempre fuiste un buen chico y ahora te has convertido en un buen hombre, pero veo que no eres capaz de ver lo que tienes delante de la cabeza. Afortunadamente para ti, yo estoy aquí para señalarte lo evidente...

Sebastiano frunció el ceño.

—Espera... ¿estás...?

—Llevamos mucho tiempo esperando que dejes a todas esas chicas tan frescas y que elijas a una buena chica con la que sentar la cabeza. Y esa chica es buena.

Sebastiano se quedó completamente inmóvil. Su abuelo pensaba que Poppy y él eran pareja. Lo tenía escrito en el rostro. Aquello era una ironía porque se acababan de conocer. Sin embargo, suponía que a su abuelo le había dado esa impresión y comprendía por qué. En primer lugar, había aparecido en la oficina con poco aspecto de ser una becaria. En segundo lugar, él mismo había estado a punto de perder la cabeza y besarla cuando Poppy terminó de hacerle el nudo de la corbata.

—Ella es la elegida para ti y cuando tu abuela os vea juntos, se sentirá muy orgullosa de que, después de todo, lo hayamos hecho bien contigo.

—¿La elegida?

—Sí. Y ella dice que sabe cómo manejarte —comentó el abuelo riendo—. Necesitas una mujer de carácter como esa.

Sebastiano sabía que su abuela llevaba las riendas de la casa, pero, ¿de verdad había dicho Poppy que ella lo tenía dominado?

Frunció el ceño. No era de extrañar que su abuelo hubiera llegado a la conclusión equivocada. ¿Por qué iba a decir Poppy algo así? Y lo más importante, ¿qué iba él a hacer al respecto?

Recordó el modo en el que ella lo había mirado mientras le anudaba la corbata. Había sido deseo. De eso estaba seguro porque su propio cuerpo le había enviado a él el mismo mensaje al cerebro. Sebastiano no quería pensar en la reacción de su abuelo cuando le dijera que Poppy Connolly no solo no era su novia, sino que tan solo trabajaba en su empresa temporalmente.

Decidió que lo mejor era apartar la conversación de su vida amorosa.

—Pongámonos a hablar de negocios.

—No. Dejemos eso para tu viaje a Italia.

Sebastiano se quedó completamente inmóvil. Como regla general, limitaba sus viajes a su país de nacimiento todo lo que era posible, en especial a la casa familiar, de la que tenía unos recuerdos tan fuertes.

—¿Qué viaje a Italia?

—Para el sesenta aniversario de nuestra boda, la de tu abuela y la mía. Tenemos que dejar el pasado atrás, *nipote mio*. Queremos que vengas. No hay más excusas. Nada de seguir poniendo primero el trabajo. Es hora de progresar —susurró aclarándose la garganta—. Cuando le hable a Evelina de la señorita Connolly, querrá conocerla inmediatamente. De hecho, voy a enviarle un mensaje ahora mismo.

Sebastiano parpadeó.

—¿Desde cuándo le envías mensajes a la *nonna*?

—Desde que la compré un smartphone para su cumpleaños.

El abuelo se sacó su propio teléfono del bolsillo y comenzó a escribir con la agilidad de alguien muchísimo más joven.

Sebastiano lo observaba sin poder parar de pensar. Sería capaz de hacer muchas cosas por sus abuelos. Dejaría a un lado los recuerdos mejor enterrados en el pasado para asistir a su aniversario de boda, pero fingir que tenía una relación con una mujer a la que apenas conocía y que podría haberse colocado en posición de convertirse en la señora de Sebastiano Castiglione...

De ninguna manera.

Capítulo 3

¿DOSCIENTAS cincuenta mil libras? –preguntó Poppy mirando a Sebastiano con incredulidad. Él estaba sentado detrás de su escritorio.

Cuando él pidió verla en su despacho, Poppy había estado completamente convencida de que iba a despedirla. En vez de eso, le había ofrecido una enorme cantidad de dinero a cambio de fingir ser «la luz de su vida», tal y como él lo había descrito con cierta condescendencia.

–¿Estamos hablando de doscientas cincuenta mil libras en efectivo?

–¿Acaso quiere más? Bien. Quinientas mil.

Poppy tenía la boca completamente seca. Castiglione estaba loco. O borracho. Lo miró atentamente para buscar indicaciones de que estaba en lo cierto.

–¿Ha estado bebiendo?

–Desde anoche, no. Y, desgraciadamente, ya se me ha pasado el efecto del alcohol.

Poppy miró a su alrededor, buscando una cámara oculta o algo que le indicara que todo aquello era una broma. No fue así.

–Esto no tiene ninguna gracia...

–Yo jamás bromeo sobre el dinero. Y usted es la única culpable.

–¿Cómo dice?

–Algo que le dijo a mi abuelo le sugirió que los dos éramos pareja. Algo de que sabía controlarme bien. Y le aseguro, señorita Connolly, que ninguna mujer será capaz nunca de eso...

–Yo no dije que pudiera controlarle a usted –replicó ella con el ceño fruncido–. Su abuelo dijo que usted necesitaba mano firme y yo estuve de acuerdo. Entonces, dijo algo en italiano que no comprendí.

–¿Recuerda lo que era?

Ella lo miró con sorna.

–Crecí en las afueras de Leeds, señor Castiglione. Mi italiano se limita a *buongiorno* y *ciao*.

–Bueno, gracias a que mi abuelo la ha tomado a usted por mi última novia, está a punto de poder mejorarlo durante los días que va a pasar en la costa de Amalfi. Bien, ¿cuál es su precio?

–¿Tan desesperado está por impresionar a su abuelo que está dispuesto a mentir?

–Me gusta considerarlo más bien como aprovechar la oportunidad cuando esta surge. Y, créame, me pasé muchas horas anoche tratando de encontrar un plan alternativo, pero fracasé. Algo que no admito fácilmente.

Poppy decidió no sentirse insultada por el hecho de que él prefiriera hacer cualquier cosa antes que fingir tener una relación por ella. Se sentía algo embriagada por tanto dinero. ¿Quinientas mil libras? Esa clase de ofertas solo ocurría en las películas...

–Yo... yo no puedo aceptar su dinero.

–¿De verdad? ¿Lo va a hacer gratis?

Ella notó el tono de burla en su voz y frunció el ceño.

–No, por supuesto que no, pero...

–Lo que sospechaba. ¿Cuál es su precio?

–No soy una prostituta –le espetó ella secamente. Los comentarios de sus compañeros sobre su madre biológica volvieron a su pensamiento.

–No hay razón para ponerse así. No estoy sugiriendo que nos acostemos juntos.

–Su arrogancia no conoce límites, ¿verdad? –replicó Poppy.

–Soy un hombre de negocios, señorita Connolly y tengo un problema. Le guste o no, usted es mi solución.

–Está loco –repuso Poppy sacudiendo la cabeza–. No voy a hacerlo.

Castiglione la miró fijamente e hizo que se sintiera acalorada con su traje azul marino.

–¿Va a despreciar medio millón de libras? –le preguntó con arrogancia e incredulidad–. En efectivo.

–Es que... Es que no me parece bien –dijo frunciendo el ceño. Tras haber crecido pobre y sin una familia de verdad, medio millón de libras le parecía un sueño hecho realidad.

–¿Que no le parece bien? ¿De verdad me está rechazando porque no le parece bien?

–No espero que lo comprenda –contestó ella, pensando en la mujer de la llamada de teléfono del día anterior–. Tendría que tener sentimientos para ello.

–Yo tengo sentimientos –repuso él.

Poppy podría haber respondido a ello, pero aún le quedaba una semana para terminar su beca y quería que le dieran buena referencia. Además, francamente, se sentía un poco mareada. Quinientas mil libras era mucho dinero. Lo que podría hacer con esa cantidad era increíble.

En primer lugar, comprarle unas nuevas deportivas a Simon. El pobre llevaba poniéndose ropa de segunda mano tanto tiempo como ella, pero ya tenía quince años y las deportivas adecuadas eran primordiales para la autoestima de un adolescente. Con quinientas mil libras a su hermano nunca volvería a faltarle de nada.

También podría ayudar a Maryann con ese dinero, a la que había ido a visitar el día anterior. Había estado buscando información sobre la esclerosis múltiple en

Internet y, desgraciadamente, lo que había encontrado le había resultado deprimente. Cuando la enfermedad se desarrollara, Maryann necesitaría tener un piso en la planta baja y, sin familia ni dinero a su disposición, mudarse le iba a resultar muy difícil. Poppy ya había pensado pedirle a Maryann que se fuera a vivir con Simon y con ella, pero Maryann era muy independiente, así que sabía que le costaría tomar esa decisión.

Sin embargo, con medio millón de dólares, Poppy podría comprarle un piso para que ella no tuviera que seguir viviendo de alquiler. Así, podría pagar a Maryann toda la ayuda que ella le había dado a lo largo de los últimos ocho años...

Durante un momento, sintió la tentación de aceptar el dinero, pero sabía que todo tenía sus condiciones y que nadie daba nada por nada. Aceptar el dinero a cambio de mentir siempre la acompañaría y le haría sentirse tan mal como en sus inicios.

–¿Y bien? ¿Cuál es su respuesta? –le preguntó Sebastiano mientras avanzaba hacia ella con la gracia de un hombre que lo tenía todo.

–No estoy a la venta, señor Castiglione –respondió ella.

–Eso ya lo sé. No estoy pidiendo que esto sea real. Solo será durante unos pocos días. Un viaje a Italia. Incluiré también un nuevo guardarropa. Sin presupuesto. El sueño de toda mujer. Así se podría comprar vaqueros nuevos.

El hecho de que él aún recordara los viejos vaqueros que se había puesto el domingo para ir a trabajar la hizo sentirse mal. El hecho de que fuera tan arrogante y pensara que podría comprar a cualquiera con su dinero, la animaba a no abandonar su postura.

–No –dijo ella dando un paso atrás–. Tendrá que encontrar a otra persona.

–Admítalo... Siente la tentación...

–Por supuesto que sí –replicó ella–. No sería humana si no sintiera la tentación, pero... –se interrumpió un instante. Se mesó el cabello con la mano y notó que estaba temblando. Entonces, apretó el puño con fuerza–. No creo que me gustara mucho si accediera a tomar su dinero para fingir algo que no soy.

Sebastiano suspiró con fuerza.

–*Dio,* sálvame de los mártires.

–Yo no soy ninguna mártir –replicó ella levantando la cabeza–. Simplemente tengo principios.

Sebastiano asintió y Poppy sintió que, por fin, había logrado penetrar en su superficialidad.

–¿Hemos terminado? –le preguntó ella, sin poder olvidarse de los quinientos mil dólares.

Sebastiano se metió las manos en los bolsillos.

–¿De verdad me está rechazando?

–Sí –replicó ella levantando la barbilla. No podía dejar de preguntarse si estaba siendo una completa idiota. Entonces, pensó en lo que tendría que hacer para conseguir ese dinero. Fingir ser la novia de aquel hombre. De ningún modo. ¡Ni por un millón de libras!

Sebastiano la observó con ojos de depredador y Poppy tuvo la sensación de que se encontraba en peligro. Una voz interna la animaba a echar a correr. Así lo hizo. Salió rápidamente del despacho.

Cuando se encontró a salvo al otro lado de la puerta, soltó un suspiro de alivio y echó a andar con temblorosas piernas hacia el ascensor. Desde que el esposo de Paula se había roto efectivamente el tobillo, ella no había ido a trabajar. Poppy se alegraba de no tener que enfrentarse a la mirada de la asistente de Castiglione. Varias empleadas ya la habían advertido de que todas las mujeres que entraban en contacto con Sebastiano se enamoraban perdidamente de él y Poppy no quería que nadie pensara que había pasado a formar parte de sus conquistas cuando, en realidad, no era así.

Se sacó el teléfono del bolso y decidió ir al aseo antes de regresar a su planta. Sintió la tentación de llamar a Maryann, dado que le irían bien sus consejos. Maryann había estado a su lado desde el principio. Bueno, en realidad desde el principio no. Maryann había encontrado a Poppy y a su hermano después de que ella cometiera el error de confiar en un hombre que no se lo merecía. Lo había conocido en el largo trayecto a Londres y, de algún modo, él había conseguido sacarle que Poppy era menor de edad y que Simon y ella no tenían ningún lugar en el que alojarse.

Al principio, Poppy lo había considerado un verdadero caballero andante y así se había comportado durante dos semanas. Había sido todo lo que Poppy había deseado. Había cuidado de ellos, les había dado un techo bajo el que alojarse y había comprado pequeños regalos a Simon. Entonces, una noche, se presentó en el dormitorio de Poppy para exigir compensación por tanta amabilidad. Cuando ella se negó, se enfadó mucho. La hizo despertar a Simon y los echó a ambos a la calle, gritándole que no habría nadie que la acogiera nunca más, y mucho menos teniendo a cargo a un hermano «medio idiota».

Descubrir que él le había robado sus pocos ahorros fue la gota que colmó el vaso y la hizo sentirse completamente desgraciada. Decidió no ir a la policía por miedo a que la apartaran de Simon, por lo que tuvieron que dormir al raso en estaciones de tren y comiendo de lo que encontraban en los cubos de basura. Simon solo tenía siete años y Poppy diecisiete. Se pasaba las noches llorando, rezando para que un ángel bajara del cielo y los ayudara.

Y así había sido. Sin pestañear, Maryann los había acogido a los dos, les había dado de comer, los había vestido y les había dado el afecto que les había faltado a ambos durante casi toda su vida. Gracias a Maryann, Poppy había aprendido a ser amable y a respetar y eso era lo que quería para ella y para Simon.

Sin embargo, Maryann que había quedado viuda hacía ya algunos años, creía firmemente en el amor verdadero y, seguramente, le haría a Poppy toda clase de preguntas sobre la oferta de su jefe, preguntas que prefería no responder.

Miró su teléfono y arrugó la nariz. Probablemente era mejor no llamarla.

—Señorita Connolly, ¿se encuentra ahí?

Poppy lanzó un pequeño grito cuando la voz de Castiglione rompió el pesado silencio.

—Tal vez... —respondió ella. Agarró el teléfono con las dos manos como si fuera una espada, pero no hizo ademán alguno de abrir la puerta.

—¿Está pensando salir en un futuro próximo?

Poppy hizo un gesto de desesperación con los ojos. ¿Era demasiado pedir tener un momento de intimidad?

—¿Tengo que hacerlo?

—Prefiero tener las conversaciones cara a cara, por lo que sí.

—Pensé que habíamos terminado de hablar.

—No —replicó él. La miró fijamente cuando Poppy, de mala gana, abrió la puerta—. Terminaremos cuando haya dicho que sí.

—Dios, es usted incansable. Debería haber sido abogado.

Sebastiano se apoyó contra uno de los lavabos con una pícara sonrisa y apoyó las manos a ambos lados, como si se sintiera totalmente relajado.

—Si se suponía que eso era un insulto, no lo ha conseguido. Respeto mucho a la gente que persigue lo que desea y lo consigue.

–En otras palabras, es usted un pesado.

–Bueno, yo diría más bien que soy decidido.

Poppy hizo un gesto de desesperación con la mirada.

–Sabe que está en el aseo de señoras, ¿verdad?

–Lo sé –dijo él con una sonrisa aún más amplia.

–Bueno, he venido aquí a hacer algo y me gustaría poder hacerlo.

–Lo que me parece es que se estaba arrepintiendo. Pero no debería. En mi mundo, las mujeres saben lo que quieren y van tras ello. No hay nada de lo que avergonzarse.

Un escalofrío le recorrió la espalda.

–¿Por qué suena eso tan frío?

–Yo no tengo ningún problema y no pensaré nada malo de usted si acepta mi oferta.

–Es usted todo corazón...

–En realidad, soy todo negocio.

–Sí, bueno. Es mucho dinero.

–Para mí no.

Poppy sacudió la cabeza.

–Podría tener la decencia de sonar un poco humilde cuando dice eso –dijo él con un ligero tono de exasperación.

–¿Por qué? Es la verdad. Soy un hombre muy rico. Eso tiene ciertas ventajas.

–Como la de comprarse una falsa novia

Los ojos verdes la miraron fijamente. Sebastiano era demasiado alto para ella. Sus abuelos se darían cuenta enseguida.

–Pensé que podría haberla insultado cuando la ofrecí quinientas mil libras.

–Así fue –murmuró tratando de aferrarse a sus principios–. Porque yo...

–Por eso, estoy dispuesto a subir la oferta a un millón de libras.

–Yo no... ¿Acaba de decir un millón de libras?

Sebastiano sonrió. La victoria acababa de iluminar sus ojos.

–Así es.

Poppy lo miró sin saber qué decir. Estaba segura de que lo que él le estaba ofreciendo era inmoral.

–Basta. Ya le he dicho que no estoy a la venta.

La sonrisa de Sebastiano se le heló en los labios.

–Pero usted es exactamente lo que necesito. Está bien, ¿qué es lo que quiere entonces? ¿Qué es lo que busca? ¿Cuál es su objetivo a corto plazo?

A Poppy le giraba la cabeza al pensar en tanto dinero. Dudaba que tuviera un objetivo a corto plazo en aquellos momentos. Frunció el ceño. ¿Valía lo de sobrevivir día a día como objetivo a corto plazo?

–En realidad, no pienso en objetivos a corto plazo.

–Pues debería... ¿Le importaría que regresáramos a mi despacho para seguir hablando de esto? –le preguntó mientras abría la puerta, esperando automáticamente que ella obedeciera a su petición–. No creo que el aseo de señoras sea el lugar adecuado para celebrar esta conversación.

Poppy se detuvo a su lado.

–En realidad, yo preferiría no seguir hablando de esto.

–Ya lo veo. Tenga cuidado de no darse con la puerta.

Sebastiano la ayudó a esquivar la puerta y, a los pocos segundos, Poppy se encontró sentada frente al escritorio del despacho de él casi sin que se diera cuenta.

–Bien, si no puedo convencerla con tal suma de dinero, veamos qué es lo que quiere.

Había demasiadas cosas, pero Poppy no estaba dispuesta a compartir con él ninguna de ellas.

–No quiero nada.

–Está claro de que es no es cierto –replicó él con

una carcajada–. Todo el mundo quiere algo. Hasta yo.
De hecho, me encuentro en la extraña situación de sen-
tirme un hombre desesperado. Está bien. ¿Qué es lo
que hace falta para que me ayude un fin de semana y
hacer que un anciano se sienta bien?

–¿Acaso está enfermo su abuelo?

–¿Influiría eso en su decisión?

Poppy frunció el ceño al ver cómo él se disponía a
aprovecharse de su compasión.

–¿De verdad lo utilizaría para conseguir lo que quiere?

Sebastiano se encogió de hombros.

–Si funcionara...

–¡Es usted un buitre! –exclamó Poppy asombrada y
sorprendida por tamaña frialdad.

–Seguramente, pero mi abuelo es viejo y, en realidad, no sé cuánto tiempo le queda –dijo con cierta tristeza, como si ese pensamiento lo incomodara.

Poppy notó que quería mucho a su abuelo en aquellas duras palabras. Tal vez fue el hecho de que
Maryann estuviera enferma y el miedo que Poppy sentía de perderla en un futuro próximo, pero en aquel
momento sintió un verdadero vínculo con su jefe. Estaba a punto de decirle que comprendía lo que sentía,
cuando él se lo impidió con sus siguientes palabras.

–¿Y si le concedo tres deseos? ¿Sería eso más acep-
table para esos principios que tiene en tanta estima?

–¿Y ahora qué es usted? ¿Un genio? –bromeó Poppy–.
¿O acaso mi hada madrina?

–No soy lo suficientemente bueno como para ser el
hada madrina de nadie.

–En eso tiene razón. Es usted un lobo sin principios.

–Pensaba que era un buitre.

–Lobo... buitre... Da igual. Un depredador –añadió.
Tragó saliva al notar que la mirada de él se le posaba en
los labios.

El aire se tensó de repente entre ellos. Poppy sintió que se le secaba la boca al ver que él sonreía. Era un hombre devastador. Devastador en su belleza y en su insistencia.

–Piénsalo, Poppy –dijo él, pronunciando por primera vez su nombre de pila y dando así al momento una intimidad que ella no deseaba sentir–. Tres deseos. Lo que quieras. Si están en mi poder, puedes contar con ello. La gente se casa por dinero, por estatus. Aquí estamos hablando sencillamente de un fin de semana. Nada más. Venga, Poppy... Dime algo que hayas deseado últimamente.

«Amor. Compañía».

Ella frunció el ceño. ¿De dónde había salido aquel pensamiento? Tenía que esforzarse en su trayectoria profesional. Eso era mucho más importante que un estado transitorio como el amor.

–Unas zapatillas nuevas –dijo, distraída por sus propios pensamientos. Aquello era lo primero que le había acudido a la cabeza.

–¿Unas zapatillas nuevas? –preguntó él, con una sensual sonrisa–. Hecho. Dime el nombre del diseñador y tendrás un guardarropa lleno.

–Nike. Creo.

–¿Nike?

–Talla 44.

–¿Estás hablando en serio?

–Sí. ¿Le supone un problema?

–Está bien. Está bien. No hay problema. Unas deportivas de Nike. ¿Qué más?

–No sé...

De repente, empezó a pensar en Maryann y en el hecho de que ella necesitaba un piso en la planta baja. Al igual que Poppy, no conseguía ahorrar y Poppy sabía que su encantadora vecina sentía miedo por lo que el futuro pudiera depararle.

–Un apartamento nuevo –dijo, esperando que su jefe se echara a reír y le dijera que ni en sueños.

–Por fin empiezas a hablar mi idioma –replicó él rezumando confianza y seguridad en sí mismo–. Un ático, sin duda. ¿Cuántos dormitorios?

–No puede ser un ático. Están en la última planta.

–Sé muy bien dónde está situado un ático. Tengo varios.

Poppy no se percató de lo que él había dicho. Estaba completamente sumida en sus pensamientos.

–Tiene que estar en la planta baja. Y cerca de Brixton.

–¿Brixton?

–Sí. A Maryann le gusta mucho Brixton.

–¿Maryann?

–Es mi vecina –respondió ella. Cuanto más lo pensaba, más le gustaba la idea–. Y debería estar cerca de un parque y del metro. A Maryann le gusta ir a Stratford los sábados por la tarde. Su marido está enterrado allí.

–De acuerdo. Envíame un correo electrónico con los datos, pero, ¿qué tiene que ver tu vecina con esto?

–El apartamento es para ella.

–Yo pensaba que era para ti.

–Ella lo necesita más que yo.

Sebastiano la miró como si, de repente, le hubieran salido dos cabezas.

–Está bien. Lo que sea. ¿Y el último deseo?

Poppy lo miró fijamente. Se había dado cuenta demasiado tarde que no estaba segura de lo que estaba haciendo. Aquel era un trato con el diablo.

–Yo... Bueno, no tengo tercer deseo...

–¿Nada para ti?

En realidad, los dos primeros eran para ella. Para su propia tranquilidad. Sacudió la cabeza para tratar de despejarse el pensamiento. ¿Cómo era posible que se hubiera parado a considerarlo siquiera?

–No tienes que estresarte –dijo él dándose cuenta enseguida de lo que le pasaba–. Cuando lo pienses, me lo dices. Mientras tanto, tendrás que prepararte para marchar a Italia a finales de semana.

–¡No tengo pasaporte!

–Yo me ocuparé de eso. Y una cosa más, Poppy...

Ella lo miró a los ojos.

–¿Sí?

–Gracias –dijo él rodeando el escritorio.

Extendió la mano y la ayudó a levantarse. Poppy sintió un extraño hormigueo en el brazo.

–¡Un momento! –exclamó ella–. ¿A finales de semana? Eso es demasiado pronto. No me puedo organizar en tan poco tiempo.

–Tendrás que hacerlo. Ese es el fin de semana en el que mis abuelos van a organizar su fiesta de aniversario.

–¿Fiesta de aniversario? –preguntó ella alarmada–. Esto se pone cada vez mejor.

–Mis abuelos son muy importantes para mí. Te ruego que lo recuerdes.

–En ese caso, ¿cómo puedes mentirlos tan descaradamente? –preguntó, tuteándolo, también.

Sebastiano se encogió de hombros, pero no dijo nada al respecto.

–Simplemente, veo esto como la oportunidad de conseguir un resultado que se me debe hace mucho tiempo.

–Dirigir el negocio familiar –dijo ella. Es decir, ganar más dinero.

–Sí.

Sebastiano era verdaderamente un buitre. Un buitre que no dejaba pasar ninguna oportunidad. ¿Por qué se estaba mezclando en aquel asunto?

–¿Y no puedes decirles que hemos roto y llevarte a una de esas rubias con las que tú sueles salir?

–No. A mi abuelo se le ha metido en la cabeza que tú eres la elegida para mí y ninguna rubia, por guapa o espectacular que sea, le va a hacer cambiar de opinión.

De igual modo, Poppy no podría cambiar de opinión sobre lo atraída que se sentía por él. Sebastiano era un buen ejemplo del poco gusto que ella tenía a la hora de elegir a los hombres.

–¿Y no te parece que todo esto es un verdadero engaño?

–¿Qué es lo que quieres decir?

–Lo que quiero decir es que no parece importarte.

Poppy no estaba segura de haber ocultado el desprecio en su voz porque él frunció el ceño de nuevo.

–Lo que me importa en estos momentos es hacerme cargo de CE.

–Entonces, ¿quieres decir que el fin justifica los medios?

–A veces sí.

Igual que el canalla que la recogió hacía ya muchos años. Sin embargo, no era lo mismo. ¿O sí? En aquellos momentos, ella era más madura y aquel hombre le estaba concediendo tres deseos sin esperar nada a cambio.

–¿Poppy?

Ella se mordió el labio inferior. Cuando Sebastiano volvió a hablar, lo hizo en un tono más suave.

–Veo que esto no te resulta tan fácil como yo había pensado, pero mi abuelo tiene que jubilarse. Si que él crea que estoy enamorado de ti consigue que se haga a un lado, estoy dispuesto a desviarme un poco de la verdad.

–¿Un poco?

–Bueno. Mucho.

–Está bien –dijo–. Lo haré.

Sebastiano le dedicó una sonrisa.

–Pues con esa cara, no vas a convencer a nadie de que yo soy el amor de tu vida.

–Eso es porque siento náuseas.

Las mismas náuseas que sentía cuando la trabajadora social aparecía y le decía que los iban a mudar a Simon y a ella a otra familia. Tenía la misma sensación de estar frente al abismo y no saber si iba a caer en el suelo o algo iba a impedir que se estrellara. Su experiencia vital la advertía que se preparara para lo peor.

Sebastiano negó con la cabeza.

–Estoy empezando a dudar de que seas real.

Poppy hizo un gesto de tristeza.

–Pues ya somos dos, porque yo tampoco estoy segura de que lo seas tú. Ahora, si me perdonas, tengo que ir a hacer una presentación para el señor Adams. Ah, y si te diera por cambiar de opinión, que sepas que no lo lamentaré.

–Te aseguro que no cambiaré de opinión.

Mucho después de que los despachos se hubieran vaciado hasta el día siguiente, Sebastiano seguía sentado en el suyo, mirando hacia el Big Ben, pero sin verlo en realidad. No se podía creer que acabara de convencer a una mujer para hacerse pasar por su amante ni lo difícil que le había resultado conseguirlo.

Sinceramente, había esperado que el proceso no le llevara más de cinco minutos. Ofrecerle una gran suma de dinero y contar los segundos que pasaban para que aceptara. Cuando se negó al principio, pensó que tan solo buscaba más dinero. Eso no le habría sorprendido. Lo que había resultado una sorpresa fue que resultara tan difícil convencerla y lo mucho que se le había caldeado la sangre en el proceso. Sabía que solo era ego, pero se había estado resistiendo todo lo que había podido a la voz que, desde su interior, la animaba a poseerla.

No debería escuchar a aquella voz el siguiente fin de semana. Sebastiano había conocido suficientes mujeres en su vida como para animarlo a una vida entera de celibato. Mujeres que hacían o decían cualquier cosa para conseguir un matrimonio ventajoso. Dado que él pertenecía a una dinastía de varias generaciones, había sido el blanco de las mujeres más avariciosas desde que alcanzó la pubertad.

Sin embargo, no lo atraparían. No solo porque desconfiara de la mayoría de las mujeres que conocía, sino porque su vida era perfecta tal y como era. ¿Por qué cambiarlo?

Un par de ojos azules lo miraron desde el inconsciente. ¿Era Poppy Connolly una mujer real? No lo creía, pero no iba a perder el tiempo preguntándoselo. Había accedido a ir con él y eso era lo único que importaba.

Respiró profundamente y se puso de pie.

En realidad, no tenía que llevarla a Italia. Sería más fácil convencer a su abuelo y conseguir lo que deseaba, pero no era esencial. Podía fácilmente presentarse solo y explicar toda la verdad. Entonces, podría explicarle a su abuelo que estaba bien como estaba y convencerlo sin tener que mentir.

El problema era que aún recordaba lo suave que era la piel de Poppy y lo mucho que había disfrutado conociendo a una mujer que no se comportaba como si él fuera lo mejor del mundo.

Sonrió. ¿Se trataba acaso de la novedad de tener una mujer que le decía que no? No era un ser tan arrogante y pagado de sí mismo, ¿verdad?

¿O acaso se trataba más bien del hecho de regresar a la casa familiar solo en aquella época del año?

Sí, eso le provocaba un nudo en el estómago, pero habían pasado quince años desde el accidente. A pesar de que la culpabilidad y la pérdida aún lo acompañaban, ya no gobernaba sus actos. Había conseguido dominarlas hacía muchos años. ¿O no?

Tal vez no se trataba más que de simple deseo. Lo había sentido inmediatamente, un tremendo deseo de sentirla contra su cuerpo, de notarla bajo él y encima de él. De sentir la suavidad de su piel mientras se hundía en ella. Solo el pensamiento lo excitaba profundamente, hasta el punto de provocarle una erección, lo que resultaba completamente ridículo. Su libido no lo controlaba. Él controlaba a su libido.

Fuera como fuera, aquella relación era falsa. Falsa al cien por cien. Y eso provocaba que Poppy Connolly estuviera por completo fuera de su alcance.

Capítulo 4

A DÓNDE dijiste que ibas?

–No he dicho nada –le respondió a su hermano, mientras pensaba si meter en la maleta unos pantalones de vestir de lino negro que habían visto días mejores o una falda azul marino que le quedaba un poco corta–. A algún lugar de Italia. Pensaba decírtelo cuando llegara.

Se decidió por los pantalones negros.

–¡A Italia! –suspiró su hermano de quince años mientras saltaba en la cama como si lo hubiera picado una avispa–. Quiero ir.

–No puedes –dijo ella–. Ya te lo he dicho. Es un tema de trabajo y no te había dicho nada porque sabía que querrías venir –añadió mientras le alisaba cariñosamente el flequillo y se lo apartaba del rostro, tal y como había hecho desde que era más pequeño–. Sabes que me encantaría llevarte. No hagas que me sienta culpable.

–No lo haré si al menos me dejas que me quede solo en el piso.

Poppy se apretó los dos dedos contra el pulgar para decir que no.

–Tienes que quedarte con Maryann y asegurarte de que calientas la boloñesa que he preparado para cenar mañana por la noche. No quiero que ella tenga que cocinar este fin de semana.

Su hermano le dedicó una mirada beligerante.

–Soy lo suficientemente mayor para quedarme solo.

–Tienes quince años.

–Exactamente.

Poppy suspiró.

–Si no te marchas ahora, llegarás tarde al colegio –le dijo en lengua de signos–. Y no uses el teléfono este fin de semana. Tienes que leer algún libro de vez en cuando en vez de jugar tanto a los videojuegos.

–Te propongo un trato... –respondió Simon mientras se levantaba de la cama–. Me leeré un libro de verdad si me puedo quedar aquí solo.

Poppy agarró un par de camisetas que combinaban bien con los pantalones.

–Vete al colegio –dijo mientras le estrechaba entre sus brazos para darle un beso–. Te quiero.

Simon le dijo en lengua de signos que también la quería antes de salir como una exhalación por la puerta con sus zapatillas nuevas. ¡Uno de los diez pares de zapatillas Nike a estrenar! Llegaron el día después de que ella llegara al acuerdo con Sebastiano. Poppy se vio obligada a decir que las había ganado en una subasta en el trabajo para poder explicar tal extravagancia.

No sabía si la generosidad de Sebastiano era una indicación del hombre que era en realidad o solo su desesperación para salirse con la suya. Desgraciadamente, Poppy sospechaba que se trataba de lo último.

Estiró la cama y se dirigió al cuarto de baño para darse una ducha. Aún quedaban unas horas hasta que llegara Sebastiano, pero se sentía muy nerviosa.

Sobre mediodía, recibió una llamada de teléfono de su hermano. Normalmente, utilizaban los mensajes, pero debido a una nueva aplicación para sordos, Poppy podía hablarle por teléfono y la aplicación convertía los mensajes en texto. Simon quería saber si podía ir al cine aquella tarde con algunos amigos que había hecho en su nuevo colegio. Poppy se sintió feliz. Como su hermano era sordo de nacimiento, había sufrido un retraso en madurar. Eso, combinado con la complicada infancia que había tenido, lo había convertido en un niño tímido e inseguro. Últimamente, parecía estar abriéndose al exterior, lo que alegraba profundamente a Poppy.

Por supuesto, le dio permiso y se sobresaltó cuando alguien llamó a la puerta. Como sabía de quién se trataba, le dijo a Simon que le quería y fue a abrir. Los nervios se apoderaron de ella con fuerza al ver a su jefe de pie en el estrecho pasillo.

Era tan alto, tan moreno y tan masculino que a Poppy se le cortó la respiración. No era justo que un hombre pudiera ser tan guapo y que, al mismo tiempo, no tuviera ni pizca de moralidad. Recordar su manera de ser le hizo tomar la determinación de no permitir que él la dominara.

–¿Llegas temprano o voy yo tarde? –le preguntó mientras lo miraba desafiante.

–Yo llego en punto –respondió él–, pero si eres como el resto de las mujeres que conozco, vas tarde.

Poppy entornó la mirada.

–Por el bien de nuestra falsa relación, voy a fingir que no has dicho eso.

Sebastiano se echó a reír.

–¿Vas a invitarme a pasar o vamos a seguir conversando en el pasillo?

–Mejor que en los aseos de señoras.

Una ligera sonrisa se dibujó en los labios de Sebastiano.

–*Touché*.

Sebastiano pasó a su lado para entrar en la casa. Poppy, inconscientemente, le miró el trasero. Los vaqueros que llevaba puestos, combinados con un jersey azul marino y unas botas negras, le daban un aspecto tan bueno como para comérselo. No es que ella tuviera hambre.

—¿Café?

—Gracias, pero creo que deberíamos saltarnos los agasajos. ¿Con quién estabas hablando?

Sebastiano le hizo la pregunta como si tuviera todo el derecho del mundo a saberlo. Poppy se puso inmediatamente en estado de alerta. Su instinto siempre la empujaba a proteger a su hermano de la curiosidad ajena. Además, cuanto menos supiera aquel hombre de su vida, mejor.

—Con nadie.

—Pues no me pareció que fuera nadie.

Sabiendo que él no cejaría en su empeño hasta que tuviera la información que quería, Poppy decidió ceder.

—Era Simon para que lo sepas.

No dijo nada más. Notó que él tensaba la boca y que su rostro adquiría una expresión beligerante, pero que no insistía.

—¿Estás lista ya para marchar? Mi avión nos está esperando.

¿Que su avión los estaba esperando? Poppy se sintió increíblemente inepta delante de él con una falda barata y una blusa aún más, acompañado de botas de segunda mano.

—Un momento. Mi doncella está terminando de prepararme la maleta.

—¿Noto cierta hostilidad, señorita Connolly?

—En realidad no. Más bien un cambio de opinión.

Sebastiano le miró los pies.

—¿Es que las zapatillas no te valían? Tengo que confesar que me cuesta imaginarme una talla 44 para esos pies. ¿O es que tu vecina no está contenta con el apartamento que le mostraron ayer? ¿Es ese el problema?

Poppy se puso las manos en las caderas y lo miró fijamente. Maryann había ido a verla la noche anterior loca de contenta para contarle que, entre todos los enfermos de esclerosis múltiple, la habían elegido a ella para entregarle un cheque que cubriera todos sus gastos médicos y un apartamento en la planta baja al lado de un parque. No hacía más que pellizcarse todo el rato y decir que no sabía cómo era posible que hubiera tenido tan buena suerte.

Poppy le aseguró que se merecía toda la suerte del mundo. Entonces, Maryann le había respondido a Poppy que la suerte de ella también estaba cambiando.

–Lo noto –le había dicho Maryann abrazándola con fuerza–. Todo empezó cuando conseguiste ese trabajo como becaria. Eres una chica lista y maravillosa, Poppy, y una excelente hermana para Simon.

Al escuchar aquellas palabras, los ojos de Poppy se habían llenado de lágrimas.

–No. Le encantó –le informó a Sebastiano con un suspiro–. Gracias por ponerla en el listado especial para tratamientos experimentales. Eso ha sido muy considerado por tu parte.

–De nada.

–Sin embargo, sigo pensando que es una mala idea, señor Castiglione.

–Te has comprometido –le recordó–. Además, no vamos a volver a tratarnos de usted. Me puedes llamar Sebastiano o Bastian. Respondo a los dos.

«¿A cuál respondería en la cama?».

Horrorizada por aquel pensamiento, Poppy apretó los puños. Esa era una de las razones por la que aquello era una mala idea. No había podido dejar de pensar en Sebastiano en toda la semana, sobre todo en su impresionante torso. Estar sometida a los deseos de otro le hacía sentirse vulnerable y no le gustaba. Hacía mucho

tiempo que no se había sentido así, desde que, con diecisiete años, había decidido que no volvería estar a
merced de otra persona.

En realidad, no era que en aquellos momentos sintiera que había perdido el control, sino que se sentía...
fuera de control. Totalmente. E inferior. La familia de
Sebastiano tardaría dos segundos en darse cuenta de
que era una impostora, en especial porque ellos prove-
nían de una familia italiana de rancio abolengo.

–Se darán cuenta de lo que soy –le imploró–. Sabrán
que lo nuestro no es real.

–Relájate, Poppy. Tengo esto bajo control.

–¿Cómo es posible?

–Dirijo una empresa que factura millones de dólares
todos los años. Fingir que somos pareja será como un
paseo en el parque para mí.

–De verdad serías capaz de hacer cualquier cosa por
hacerte con el control de esta empresa, ¿verdad?

–Sí.

–Estoy segura de que tu abuelo lo sabe.

–En mi experiencia, la gente ve lo que quiere ver.
Mi abuelo quiere que me enamore. Dado que ese es su
objetivo, eso es lo que cree que ha ocurrido –comentó
mientras recorría el minúsculo salón–. A veces, creo
que debería haber cedido y haber tomado ya esposa.

Aquella actitud tan cínica ante lo que Poppy creía
tan firmemente que llevaba a un final feliz la entristeció
profundamente.

–Aún no es demasiado tarde –dijo–. Tal vez deberías
enviar a Paula a *Fortnum and Mason* para elegir una
para ti para esta misma tarde. Quién sabe, tal vez en-
cuentres una de rebajas.

Sebastiano la miró con una sonrisa.

–La hostilidad latente de nuevo, señorita Connolly.

–Lo que acabas de decir es un escándalo. Uno no

cede y se casa. Por cierto, ¿por qué no lo has hecho? ¿Es que no crees en el amor o porque no te quiere ninguna mujer?

Sebastiano le dedicó una sonrisa burlona.

—No estoy casado porque no quiero, pero estoy seguro de que el amor existe. De hecho, lo sé, porque lo he visto. Simplemente, ni lo quiero ni lo necesito para mí. Mi vida es perfecta tal y como es.

—Tu abuelo no lo cree así.

—Mi abuelo es un italiano chapado a la antigua. Para él, la familia es la vida.

—¿Y tus padres? ¿Están felizmente casados?

Sebastiano tensó la mandíbula.

—Mis padres murieron y, por lo tanto, están fuera de esta conversación. ¿Alguna otra pregunta?

Poppy se sintió muy triste por el dolor que notó en el tono de su voz y dejó a un lado su propia irritación. ¿Qué le importaba a ella lo que él pensara sobre el amor y el matrimonio? Nada era real. Surrealista sí, pero de ningún modo real.

—Ahora me siento mal. Sin embargo, si se supone que esto es legítimo, tendríamos que saber ciertas cosas el uno sobre el otro. Como la causa de la muerte de tus padres.

La mirada de Sebastiano se volvió turbia y oscura.

—Murieron en un accidente de coche. Yo tenía quince años

Comenzó a recorrer el pequeño salón como un tigre enjaulado. Como una pantera más bien, por su pelo oscuro y sus ojos verdes. Durante un minuto, ninguno de ellos habló. Después, él realizó una triste mueca con los labios.

—¿Satisfecha?

Poppy no lo estaba. Cuando sus padres murieron, él tenía más o menos la misma edad que Simon. Si algo le ocurriera a ella... Aquel pensamiento la hizo querer acercarse a Sebastiano, estrecharlo entre sus brazos y mantenerlo a salvo de la dura realidad del mundo, lo que era absurdo. No solo él no agradecería tal gesto, sino que, si había alguien en el mundo capaz de cuidar de sí mismo, ese era precisamente Sebastiano.

–Lo siento mucho –dijo–. No quería disgustarte.

–No lo has hecho –respondió él mientras se mesaba el cabello y le dedicaba aquella mirada profunda que ella no quería encontrar tan atractiva–. Llevas trabajando seis semanas para mi empresa, por lo que ya sabes todo lo que hay que saber sobre mí. Si quieres mi color o mi comida favorita, la respuesta es el azul y el *pesto alla genovese*.

–Eres muy complicado, ¿verdad?

–Bueno, también tengo un apetito sexual muy voraz, pero dudo que mis abuelos te pregunten sobre eso.

Poppy negó con la cabeza.

–Demasiada información –dijo, haciendo que él riera suavemente.

–¿Y tú?

–No, yo no tengo un apetito sexual voraz.

Poppy se sonrojó inmediatamente por la vergüenza, situación que empeoró cuando él siguió hablando.

–¿Estás segura?

–¡Sí!

–Es una pena, pero en realidad me refería a ti como persona. Me has hecho preguntas sobre mi vida. Ahora lo justo es que sea a la inversa.

Poppy tragó saliva, más avergonzada aún que antes.

–El rojo y el arroz con leche.

–Vas a tener que esforzarte un poquito más, *bella*.

Al notar lo mucho que ella se había sonrojado Sebastiano decidió darle un respiro. Comenzó a recorrer la humilde estantería que descansaba contra la desconchada pared y estudió las escasas fotos que se mostraban. Había una de Poppy unos años más joven, con un muchacho de menos edad y una mujer madura. Las demás eran una variación de lo mismo.

—¿Quién es el chico?

—Mi hermano.

Sebastiano miró por encima del hombro para observarla. Había notado que no le gustaba que le hiciera preguntas. Muy interesante, aunque en realidad no le importaba. Ya conocía sus impresionantes credenciales académicos y no tenía deseo alguno de saber más sobre una mujer a la que se sentía muy atractivo y a la que no volvería a ver después del fin de semana.

Sin embargo, ella tenía razón en lo que había comentado. Si aquella fuera una relación legítima, los dos sabrían ciertas cosas sobre el otro, detalles que su abuelo en particular esperaría que él conociera.

—Entonces la mujer es tu madre, ¿no?

—No.

Poppy se colocó a su lado. Sebastiano pudo oler el delicado perfume floral que se desprendía de su piel. Dudaba que fuera perfume, porque no parecía el tipo de mujer que lo utilizara, por lo que tenía que ser jabón. Aspiró profundamente y miró cómo el cabello le caía sobre los hombros en una espesa melena. Parecía ser muy suave al tacto, por lo que él tuvo que meterse las manos en los bolsillos para no averiguarlo.

Al ver que ella no daba más explicaciones sobre la mujer en la foto, preguntó.

—¿Nada más que no?

—Es Maryann. Es mi vecina con esclerosis múltiple.

—¿Y tus padres?

—No están.

—¿Y dónde están?

—No creo que sea justo que tú me hagas tantas preguntas cuando antes protestaste por hacértelas yo.

–Pero las respondí, ¿no? Ahora tú tienes que responder las mías. Además, tenías razón. Mi abuelo esperará que yo lo sepa todo sobre ti.

–¿Todo?

–Sí, Los Castiglione se muestran muy protectores sobre lo que es suyo. Si yo estuviera verdaderamente enamorado de ti, lo sabría todo.

Poppy respondió por fin.

–Mi madre murió por una sobredosis cuando yo tenía doce años y... no me acuerdo de mi padre.

–¿Y quién os crio a tu hermano y a ti? –quiso saber Sebastiano, completamente atónito.

–Vivimos con familias de acogida hasta que yo cumplí los diecisiete años. No es tan malo como seguramente te estás imaginando –dijo ella al ver cómo la miraba Sebastiano, aunque había sido mucho peor de lo que ella quería transmitir–. Así que los dos somos huérfanos.

–Eso parece. Menuda cosa para tener en común.

Sebastiano la miró fijamente. Ella tenía la barbilla levantada, como si estuviera desafiándolo a sentir pena por ella.

–Eres una mujer muy dura, ¿verdad, Poppy?

–Pensaba que tu avión ya nos estaba esperando...

Durante un momento, en el rostro de Poppy se reflejó algo que Sebastiano no acertó a descifrar. ¿Orgullo? ¿Determinación? ¿Vulnerabilidad? Sin embargo, ella lo enmascaró rápidamente. Sebastiano sintió una profunda admiración por ella. El apartamento en el que vivía era pequeño y destartalado, pero lo había convertido en un hogar. Le sorprendió pensar que, a pesar de todo lo que tenía de negativo, resultaba más acogedor que ninguna de las casas dignas de exposición que él poseía, pero no sabía por qué eso le molestaba tanto.

Observó cómo ella desaparecía por una puerta. Al

cabo de un instante, regresó llevando tan solo una raída
bolsa de viaje.

–¿Eso es todo el equipaje que llevas?

–Me temo que sí. Justina me rompió las maletas.

–¿Justina?

–Mi doncella...

–Ah... resulta difícil encontrar buen servicio domés-
tico hoy en día...

Poppy sonrió ligeramente, como si no hubiera esperado que él le siguiera la broma. Sebastiano comprendió que su abuelo tenía razón. Aquella mujer era de
acero por dentro y, sin embargo, parecía tan delicada y
tan perfecta como una flor de invernadero. Cuando ella
apartó la mirada y pareció completamente perdida y
sola, Sebastiano sintió una inexplicable necesidad de
tomarla entre sus brazos y decirle que fuera quien fuera
o fuera lo que fuera lo que había apagado la luz de
aquellos hermosos ojos azules, se encontraría con su
ira. No comprendía qué era lo que lo atraía tanto, pero
no se podía negar que existía. Ni que tendría que con-
trolarlo. Lo que había entre ellos eran negocios, no
placer.

–¿Lista? –le preguntó.

–Sí. Vayamos por ese fin de semana –comentó ella
tratando de sonreír alegremente.

Sebastiano se acercó a ella y le tomó la bolsa de la
mano. Prácticamente no pesaba nada.

–Trata de aparentar que no vas al cadalso, *bella*. Te
prometo que todo saldrá bien.

–¿Sabes una cosa? No deberías hacer promesas que
no puedes cumplir.

–¿Y quién ha dicho que no puedo cumplir esta?

Ella lo miró con aire de superioridad.

–Lo siento. Se me había olvidado que te comes contratos por valor de millones de dólares para desayunar.

Sebastiano no pudo contener una carcajada.

–No me los como, *cara*. Los firmo.

Ella hizo un gesto de desaprobación con los ojos, algo que ninguna mujer le había hecho antes, y agarró su abrigo. Se lo puso, haciendo que la tela de la camisa se le estirara sobre sus pequeños y erguido senos. Sebastiano sintió que se le endurecía la entrepierna y, rápidamente, trató de controlar su reacción. En aquel momento, sintió que el fin de semana podría no salir tal y como él había esperado en un principio.

Capítulo 5

POPPY estaba mirando por la ventanilla mientras el avión privado de Sebastiano se levantaba sobre las algodonosas nubes que flotaban en un cielo perfecto y azul. La tranquilidad que evocaba la vista no reflejaba en absoluto lo que ella estaba experimentando.

No sabía muy bien por qué, pero las palabras de Sebastiano al decir que, si estuviera enamorado de ella, lo conocería todo de su vida, habían despertado algo dentro de ella.

Con una taza de café entre las manos, no dejaba de recordar las palabras. A excepción de Maryann, nadie se había interesado nunca por ella y, en cierto modo, aquello había sido algo bueno. La experiencia de tener que cuidar de su hermano le había enseñado cómo cuidar de sí misma.

Desgraciadamente, no le había enseñado cómo fingir estar enamorada de un hombre al que apenas conocía, un hombre que, hasta aquel día, había sido su jefe. Arrugó la nariz. No solo no había disfrutado nunca de una relación adulta con nadie, sino que nunca se le había dado especialmente bien fingir. Aquella era en parte la razón por la que Simon y ella habían tenido que ir tan frecuentemente de una familia a otra.

—Esa niña tiene algo –había escuchado en una ocasión por parte de una de sus madres de acogida–. No sé explicarlo...

–Te mira con esos ojos tan grandes e inocentes... y hace que una persona se sienta culpable –había dicho otra–. Y el niño... No sabía que era retrasado cuando accedí a acogerlos.

–Escúchame, jovencita –le había advertido un padre de acogida en una ocasión–. Cuando venga esa maldita trabajadora social, vas a fingir que todo va genial. Si lo haces, todo irá bien para tu hermano y para ti.

Poppy volvió a sentir la tensión en el pecho. Sabía que la trabajadora social le había hecho un gran favor al sacarla de aquella familia en particular, pero no la ayudaba a sentir menos sentimiento de fracaso por ello.

Y aquel fin de semana tenía que fingir que estaba enamorada de un hombre por el que se sentía muy atraída, pero para el que era un verdadero desconocido para ella. A menos a nivel personal. ¿Y si fracasaba también? ¿Le retiraría Sebastiano la ayuda que ya le había empezado a dar a Maryann? ¿Le quitaría las zapatillas a Simon?

A Poppy le costaba confiar en nadie y mucho menos en un hombre como Sebastiano. Sabía que parte de su ansiedad sobre aquel fin de semana era saber que se estaba poniendo en manos de un hombre que era capaz de conseguir que cualquier mujer hiciera una tontería, como enamorarse de él y llorar por teléfono cuando él diera por terminada la relación.

No es que ella corriera peligro de enamorarse de él. Eso era algo que no ocurría cuando solo hacía una semana que se conocía a la persona en cuestión, pero no podía negar que una parte de ella se sintiera intrigada por él. Era el hombre más sexy que había visto nunca y, además, su seguridad en sí mismo y su arrogancia, le hacían sentir automáticamente que estaba a salvo de un modo que nunca había sentido antes. Además, estaba el modo en el que miraba a una mujer y si sabía tocarle y darle más placer del que Poppy pudiera soñar nunca... todo ello resultaba muy atractivo.

Poppy nunca había experimentado la pasión, por lo que seguía siendo virgen. Sin embargo, cuando Sebastiano la miraba con aquellos ojos como esmeraldas, ella deseaba sentir a su lado. Quería que él la abrazara, como había imaginado ya en varias ocasiones. Quería deslizarle las manos por el vello del torso y apretar su cuerpo contra el de él hasta que ya no pudiera pensar en nada más.

Se rebulló un poco en el asiento de cuero. Había empezado a sentir un incómodo calor entre las piernas.

Aunque él la viera bajo una luz similar, Poppy no querría que nada ocurriera entre ellos. Desgraciadamente, para un hombre como Sebastiano, ella tan solo sería otro pececillo nadando en su amplio mar. Por último, no podía permitirse sentirse distraída de sus objetivos por un hombre que solo buscaba pasárselo bien.

Vio que él estaba trabajando en el asiento cercano a la parte delantera del avión. Ella también debería estar revisando sus notas para un examen al que tenía que presentarse dentro de un par de semanas. Sacó su viejo ordenador portátil de la funda, aunque dudaba de poder leer una sola palabra.

El problema era que ella tenía responsabilidades. Un hermano adolescente del que ocuparse, un plan para ser la primera de su clase y poder conseguir el trabajo que quisiera al terminar la universidad. No necesitaba que un hombre la distrajera o, peor aún, que debilitara sus objetivos. Ese había sido el problema de su madre y no sería el suyo.

Sin embargo, allí estaba, pensando en un hombre que rompía corazones como si fueran platos en una boda griega. Frunció el ceño al mirar sus notas. En realidad, no solo estaba pensando. Estaba... Estaba...

Suspiró y recordó los tres deseos que él le había prometido. Aceptar su propuesta significaba confiar en alguien mucho más de lo que a ella le gustaba, pero, al mismo tiempo, no podía negar que él le había ofrecido un salvavidas. Si mantenía su palabra, y así parecía que fuera a ser.

Suspiró. Tenía que admitir que, junto a él se sentía en conflicto. Por un lado, quería apartar de sí esa energía masculina que él emitía para encontrar los fallos que tenía y, por el otro, ansiaba poder apoyarse en él y esperar que no hubiera fallo alguno. Quería apoyarse en él, empaparse de él y comprender por fin lo que se sentía cuando alguien la amaba lo suficiente como para saberlo todo sobre ello.

Aquel pensamiento era muy peligroso. No debería dejarse vencer por él.

—¿Poppy?

Ella se sobresaltó y levantó la mirada. No se había dado cuenta de que Sebastiano había ido a sentarse junto a ella. Inmediatamente, los nervios se le tensaron y la sangre comenzó a hervirle en las venas. Trató de relajarse y de recuperar la compostura.

—¿Sí?

—Tengo algo para ti.

Poppy miró el pequeño estuche de terciopelo azul.

—¿Qué es?

—Un regalo para mostrarte mi agradecimiento. Ábrelo,

Poppy lo hizo de mala gana y se quedó boquiabierta al ver una bellísima y luminosa perla rodeada de diamantes.

—Es lo más bonito que he visto nunca.

—Me alegro de que te guste —dijo él encantado—. Creo que te quedará precioso contra tu piel.

Poppy miró las joyas y el corazón comenzó a latirle demasiado rápidamente. No era de extrañar que las mujeres cayeran rendidas a sus pies. Rico, guapo, generoso y dotado...

–Por favor, dime que son falsas.

–No regalo joyas falsas...

Poppy cerró el estuche antes de que se quedara demasiado prendada por las joyas como para poder devolverlas.

–Si me las pusiera, me robarían.

–Si sigues viviendo en el barrio en el que estás ahora, sí –comentó él frunciendo el ceño. Espero que ese tercer deseo que te has reservado tenga que ver con un nuevo hogar en un lugar más seguro.

–No todo el mundo nace rico...

–Lo sé, pero te estoy dando la oportunidad de mejorar.

–¿De verdad? –replicó Poppy. No quería decirle lo que podía hacer con su oportunidad–. Vaya, gracias, amable señor.

Sebastiano suspiró y se mesó el cabello.

–No me refería a eso y lo sabes.

De repente, parecía cansado. Poppy sospechó que se sentía tan cansado como ella. Sabía a través del equipo legal que había estado celebrando reuniones toda la semana y tal vez la situación entre ellos le estaba afectando más de lo que quería transmitir. O tal vez las ojeras se debían a que había estado combinando las reuniones de trabajo con el sexo.

–Admito que mi barrio no es estupendo –dijo ella tratando de mostrarse conciliadora–, pero tampoco está tan mal.

–Sospecho que sabes cómo hacer lo mejor de una mala situación, *bella*. Sin embargo, vi un grupo de adolescentes en una esquina de tu bloque y no estaban vendiendo limonada.

–No dan problemas si se les deja en paz –replicó

ella. Entonces, le devolvió el estuche–. Gracias, pero no puedo aceptarlo.

–¿Por qué no?

–Bueno, para empezar, según tengo entendido esta es la clase de regalo que sueles dar después de terminar una relación. Además, no me va bien con mi piel.

–Pues yo lo compré pensando precisamente en tu piel

¿Lo había comprado él y no Paula?

–Bueno, pues ya ves. Algunas veces te equivocas –dijo a pesar de que se le había hecho un nudo en la garganta–. Alertaré a la prensa. Ya me imagino los titulares. *Sebastiano Castiglione, el megalómano, es humano después de todo.* Creo que vendería bastantes ejemplares, ¿no te parece?

–Lo que creo es que eres muy respondona y necesitas que alguien te meta en cintura.

El rostro de Poppy se sonrojó al notar que él la miraba con desaprobación.

–No serás tú –murmuró ella.

–Estás resultando ser una de las mujeres más exasperantes que he conocido nunca. Cualquiera pensaría que te acabo de dar canicas o algo así atadas con una cuerda.

–Eso sería mejor. Al menos me haría juego con mi atuendo.

Sebastiano no respondió a aquel comentario y le agarró la muñeca con las manos. Antes de que Poppy pudiera reaccionar, la obligó a ponerse de pie y la llevó a la cola del avión.

–Tienes que dejar de hacer eso –le ordenó mientras él abría una puerta y la obligaba a entrar.

–¿Hacer qué?

–Tratarme como si tuvieras derecho a obligarme a hacer lo que quieres.

–Yo no estoy haciendo eso.

Poppy levantó la mano y la de él vino con ella.

–Prueba A, Su Señoría.

Sebastiano frunció el ceño y le soltó la muñeca.

–La prueba B sería mostrarte a ti llevando siempre la contraria. Sin embargo, en algún momento tendrás que acostumbrarte al contacto. Lo mejor sería que eso ocurriera antes de que aterrizáramos.

–¿Acostumbrarme al contacto?

Solo pensar en ello la alarmó. Se imaginó a Sebastiano quitándole la ropa antes de desnudarse él. La imagen no le resultó desagradable...

Dio un paso atrás frotándose la muñeca. No podía apartar la mirada de la enorme cama que dominaba el lujoso dormitorio. Antes de que pudiera contenerse, lo miró con aprensión. Si Sebastiano la tocaba, si la besaba como Poppy había estado soñando toda la semana, ¿tendría la capacidad de negarse?

–No hay necesidad alguna de que me mires así. Me refería a hacerlo en público. Resultará extraño si te apartas o me derramas un café cada vez que me acerque a ti.

–En ese caso, no te acerques demasiado –replicó ella.

Sebastiano la miró con exasperación y sacudió la cabeza.

–Te he traído aquí porque te he organizado algunas cosas y es mejor que las selecciones aquí que montes una escena en la casa.

Poppy miró hacia donde él estaba mirando y vio una fila de bolsas con nombres de diseñadores. Frunció el ceño.

–¿De qué estás hablando?

–Ropa. Zapatos. Bolsos. Cosas que necesitan las mujeres. Se ha ocupado Paula.

Poppy se sintió muy avergonzada. Sebastiano le acababa de dejar muy claro que estaba por debajo de él y ella se sintió muy herida.

–¿De verdad?

Se dirigió hacia donde estaban las bolsas y tomó una. Sin cuidado alguno, sacó la primera prenda que agarró de su interior. Se trataba de una exquisita falda azul.

–Una falda. Gracias. No se me hubiera ocurrido traerme una.

–Tuve que deducir tu talla. Espero que te quede bien –repuso él algo molesto.

–Estoy segura de que Paula es estupenda en su trabajo –replicó. Entonces, un incómodo pensamiento se apoderó de ella–. Dios, no le habrás dicho que eran para mí, ¿verdad?

–No. No le dije nada. En realidad, jamás le había pedido a Paula que comprara ropa, así que, efectivamente, ha hecho un buen trabajo.

–¿De verdad? –preguntó ella llevándose la mano al pecho con gesto dramático–. Eso me hace sentir tan especial... –añadió. Desenvolvió otro paquete. En aquella ocasión se trataba de un sujetador. Perfecto.

Poppy sonrió y se lo mostró a Sebastiano. Se alegró de ver que los ojos de él se oscurecían.

–Y ropa interior también... Tampoco se me hubiera ocurrido nunca traer ropa interior. Tengo tanta suerte de que te hayas ocupado tú de todo. ¿Qué podría hacer una mujer sin ti?

–Por el tono de tu voz, veo que no apruebas lo que he hecho...

–Eres muy listo –repuso ella. Volvió a meterlo todo en la bolsa y se puso las manos en las caderas–. Pero yo me he traído mi propia ropa, mis propios zapatos y mi propia ropa interior, muchas gracias.

–Maldita sea, Poppy –susurró él frotándose el cuello con frustración–. Deja de mostrarte tan testaruda. Esa bolsa de viaje tuya está medio vacía.

–No creo que mi bolsa de viaje sea asunto tuyo.

–Cualquier otra mujer estaría encantada con esto –dijo él. Parecía haber llegado al límite de su paciencia–. Joyas y ropa de diseño sin compromiso alguno. Unas vacaciones en Italia con todos los gastos pagados.

–En ese caso, pide a cualquiera de esas mujeres que vengan a Italia.

–¡No quiero que ninguna otra mujer sea la que venga a Italia! –rugió él.

–En ese caso, te tendrás que aguantar conmigo –concluyó ella. Se dio la vuelta para marcharse, pero él la agarró por los hombros.

–Está bien. Dime qué es lo que pasa.

–No quiero tu ropa de diseño –dijo ella con inseguridad e ira a partes iguales–. En cuanto a lo de las vacaciones... Voy a tener que pasarme el fin de semana impresionando a personas a las que no he conocido nunca y fingiendo estar enamorada de un hombre al que apenas conozco. No conozco a ninguna mujer que quisiera hacer eso.

–Desgraciadamente, yo conozco a muchas.

–Como ya te he dicho antes, invítalas a ellas.

–Ya sabes que no puedo.

–Y eso lo dice el hombre que firma contratos multimillonarios todos los días.

–Veo que no te caigo demasiado bien, ¿verdad?

Poppy levantó la barbilla.

–No es que no me caigas bien. Se trata más bien de que no eres mi tipo.

Sebastiano pareció sorprendido durante un instante.

–¿Acaso te gustan las mujeres?

–Que pienses que la única razón por la que no te

encontraría atractivo sería porque soy lesbiana da fe de tu enorme ego. Sin embargo, no es así. La verdad es que no tienes ningún sentido del humor.

–Claro que tengo sentido del humor. Puede que no tenga que ver con ponerme relojes de Mickey Mouse, pero lo tengo.

Poppy lo miró con la boca abierta. Se sentía afrentada.

–¿Qué tiene de malo mi reloj?

–Nada –respondió él–. Pero no saldría con una mujer que se pusiera uno.

Poppy frunció los labios.

–Bueno, pues este fin de semana sí, porque yo nunca me lo quito.

Sebastiano entornó la mirada.

–¿Es especial para ti?

–Mucho.

–¿Te lo ha regalado Simon?

–Sí, así es. ¿Te supone un problema?

–Escucha lo que te digo –contestó con voz suavemente letal–. Te estás vendiendo demasiado barato.

–No me puedo creer que acabes de decir eso –le espetó ella atónita.

–*Dio*! –exclamó él. Se apartó de ella lleno de frustración–. ¿Sabes una cosa? Agotas la paciencia a un santo.

–¿Yo?

Sebastiano se acercó a ella presa de la indignación y, durante un instante, Poppy pensó que la iba a estrechar entre sus brazos para besarla. Quería que él la besara, tan desesperadamente que le temblaban las rodillas.

–No era mi intención insultarte –dijo él secamente.

–Bueno, pues lo has hecho, pero, desgraciadamente para ti, tu abuelo pensó que saldrías con alguien que sería capaz de ponerse este reloj, así que tendrás que aguantarte.

–Dudo que mi abuelo pudiera dejar de mirar tu radiante sonrisa y se fijara en el reloj. Ponte la ropa o no te la pongas, haz lo que quieras. Solo espero que hagas que lo nuestro parezca real.

Sebastiano parecía tener más que decir al respecto, pero se lo pensó. Salió de la habitación y, con su marcha, dejó un profundo vacío. Poppy se sentó en la cama. Se sentía atónita por la discusión que acababan de tener. Ella jamás discutía con nadie. Era tranquila por naturaleza, la clase de persona que se llevaba bien con todo el mundo, tanto hombres como mujeres. ¿Qué tenía de malo que él le hubiera comprado ropa para el fin de semana? No era que ella deseara que a Sebastiano le gustara tal y como era. En realidad, no le importaba lo que pensara de ella. Era poco probable que consiguiera trabajar para SJC en el futuro, por lo que... ¿Cuál era el problema?

«Frustración sexual», susurró una vocecilla en su interior. Frustración sexual por un hombre que la estaba utilizando, igual que el otro hombre que se había acercado a ella años atrás...

Suspiró. Iba a tener que superar el hecho de que no le gustara que Sebastiano la estuviera utilizando también y aprender a jugar. Se había comprometido a ayudarlo. Si él quería una novia enamorada para convencer a sus abuelos de que se había reformado, eso era exactamente lo que Sebastiano iba a tener.

Capítulo 6

POPPY, esta es Evelina, mi abuela. *nonna,* te presento a Poppy Connolly.

–*Buongiorno,* Poppy. *Come stai*? Me alegro mucho de conocerte por fin. Giuseppe me ha hablado muy bien de ti.

Poppy sonrió a la anciana, que iba maravillosamente peinada, y entrelazó el brazo con el de Sebastiano y se inclinó hacia él para dar la impresión de ser la novia perfecta.

–Yo también me alegro de conocerla. Tiene una casa muy hermosa...

La mansión era efectivamente espectacular. Estaba construida sobre un acantilado, en el corazón de la costa de Amalfi, rodeado de unos maravillosos jardines. Se trataba de un lugar que los simples mortales solo consiguen ver en las revistas o en las películas de James Bond. Lo sabía perfectamente. Simon le había hecho verlas todas últimamente.

–Gracias. Ahora, vayamos dentro. Hace un día muy soleado, pero el invierno aún nos tiene en sus garras.

Subieron por las escaleras de piedra hacia el pórtico. Poppy miraba a Sebastiano con adoración.

–Gracias por traerme, cariño...

–De nada, cielo –susurró él, mirándola de un modo que le indicaba que no estaba contento, aunque Poppy no podía comprender por qué. Después de todo, era él quien le había dicho que todo tenía que parecer real entre ellos.

–Vamos al salón –les dijo Evelina–. He organizado unos refrescos.

Entraron en un elegante salón, que parecía sacado directamente de un tiempo ya pasado. Poppy se dirigió hacia el amplio ventanal, desde el que se divisaba el profundo mar azul y la recortada costa.

–Vaya –murmuró–. Había escuchado que la Riviera italiana era muy hermosa y veo que no habían exagerado.

–¿Es la primera vez que vienes a Italia, Poppy?

–Sí –respondió ella con una sonrisa. Entonces, miró afectuosamente a Evelina–. Es la primera vez que salgo de Inglaterra –añadió acercándose de nuevo a Sebastiano–. Me sorprendió tanto que Sebastiano me invitara, ¿verdad, cielo?

Ella le sonrió, tratando de buscar una sonrisa también por parte de él, pero no fue así.

–Efectivamente.

–En ese caso, tienes que asegurarte de mostrarle a Poppy parte de nuestro maravilloso país, Sebastiano. ¿Tomas leche en el café, Poppy?

–Sí, gracias –replicó ella tomando la delicada taza que la anciana le ofreció–. Oh, esto es delicioso –añadió mientras aspiraba el café con los ojos cerrados–. Ya había oído que el café italiano es el mejor.

–¿Dónde está el *nonno*? –le preguntó Sebastiano a su abuela con impaciencia.

–Sigue en su despacho –murmuró la abuela–. Dijo que tenía mucho trabajo, pero me ordenó que te comunicara que vendrá a cenar.

Al ver que Sebastiano miraba con irritación el reloj, Poppy trató de buscar una distracción. La encontró en las fotos que adornaban la pared.

–¿Son fotos familiares? –le preguntó. Sintió que Sebastiano se tensaba a su lado.

–Sí –confirmó Evelina suavemente–. Es nuestra hermosa familia.

Intrigada, Poppy se acercó para verlas. Se fijó especialmente en una en la que un niño estaba agarrado al timón de un barco.

–¿Eres tú de pequeño?

Sebastiano se acercó a ella.

–Sí –replicó secamente.

Poppy lo miró con curiosidad. No comprendía por qué a él le parecía mal que estuviera mirando las fotos. Estas parecían mostrar una familia muy normal y feliz. Ella había esperado que fueran arrogantes o distantes, pero, al ver los recuerdos que albergaba aquella pared, llegó a la conclusión de que era la clase de familia que más admiraba. Cercana y cariñosa. El corazón se le encogió al ver algo que siempre había deseado y que nunca había podido encontrar.

–¿Y esta? –preguntó, señalando la foto de una niña vestida con un traje de ballet.

–Mi prima –contestó él. Se inclinó sobre ella–. ¿Qué estás haciendo?

Le había rodeado los hombros con el brazo. Para la abuela, podría parecer un gesto de cariño, pero Poppy sabía muy bien que era todo lo contrario.

–Estoy mirando fotos. Igual que tú hiciste en mi casa. ¿Por qué estás tan tenso de repente?

–No estoy tenso. Mira, yo...

–*Sebastiano, come stai tesoro mio?*

Poppy se dio la vuelta y vio a una delgada mujer que se dirigía a ellos con una amplia sonrisa en el rostro. Abrazó con fuerza a Sebastiano y le dio un beso en casa mejilla.

–*E così bello vederti.*

—Yo también me alegro de verte a ti —dijo él.

Poppy tragó saliva. ¿Estaba a punto de conocer a una de las exnovias de Sebastiano?

—Lo siento. No debería estar hablando en italiano. Me llamo Nicolette. Soy la prima de Sebastiano. Y tú debes de ser Poppy. Bienvenida. Puedes llamarme Nicole, como todo el mundo.

¡Su prima! Sonrió y no le quedó más elección que aceptar un beso en cada mejilla. No estaba acostumbrada a ser recibida tan cariñosamente en una familia, por lo que sintió que se le hacía un nudo en el estómago. Siempre le había mostrado su afecto abiertamente a Simon para poder reemplazar el de la madre que nunca había conocido, pero no estaba acostumbrada a ser objeto de cariño.

Como si presintiera su intranquilidad, Sebastiano le pasó la mano por el brazo, como si estuviera acariciando a un animal asustado. El gesto de confort le resultaba tan inusual que Poppy se sintió abrumada.

—Por favor, no me digas que la *nonna* ha invitado a toda la familia esta noche....

Nicolette se echó a reír.

—Nos hemos invitado solos. Giulietta y yo nos moríamos por saber cómo has cazado a nuestro primo. Por cierto, nos parece fantástico.

—Ah, bueno, gracias. Creo —replicó Poppy. Le hizo gracia el comentario, por lo que le dedicó a Sebastiano una mirada divertida—. No ha sido fácil con todas las supermodelos que llevaba siempre colgadas del brazo...

Nicolette se echó a reír y Sebastiano frunció el ceño.

—Vaya, me estoy dando cuenta de que las dos juntas vais a suponer problemas. Creo que me llevaré a Poppy arriba para que descanse un poco antes de cenar.

—¿Para que descanse? —le preguntó Nicolette guiñándole un ojo—. ¿Así es como se dice hoy en día, primo?

–No avergüences a Sebastiano y a su invitada, Nicole –le regañó Evelina–. No quiero que se vaya asustado después del tiempo que hace que no viene.

Poppy sintió que Sebastiano volvía a tensarse y se preguntó qué era lo que había provocado esa mirada distante en sus ojos. Luego, notó que él le colocaba la mano en la espalda y ya no pudo pensar nada más.

–No eres nada divertida, *nonna* –se quejó Nicole–. Llevamos mucho tiempo esperando a que Sebastiano se enamore. Al menos, déjame disfrutar el momento.

–Solo espera hasta que sea tu turno, prima –dijo Sebastiano mientras empujaba a Poppy delante de él.

–Bah, eso no va a ocurrir nunca –se lamentó Nicole–. Voy a morir siendo una anciana virgen.

–¡Nicolette!

–Lo siento, abuela –comentó Nicole riendo–. Está bien. Ya me callo. Idos los dos a *descansar*.

Poppy lanzó una sonrisa a Nicole. Nunca había tenido una amiga, pero, si la hubiera tenido, le habría gustado que fuera tan encantadora y divertida como Nicolette.

Siguió a Sebastiano por la escalera de piedra y se quedó sin aliento para cuando llegaron al siguiente piso.

–*Dio*... ¿Qué me había hecho pensar que este fin de semana iba a ser fácil?

Poppy lo miró asombrada.

–¿Esos desayunos tan millonarios?

Sebastiano no le contestó.

–¿A qué venía tanto toqueteo abajo?

–Me dijiste que me asegurara de que parecía real, así que simplemente estuve representando mi papel –dijo ella mientras miraba a su alrededor. Un hermoso salón y más ventanales con vistas al mar–. Soy una persona bastante afectuosa, así que... si esta relación fuera real, probablemente te tocaría. Mucho.

–Bueno, yo no soy demasiado cariñoso, así que de esa parte puedes prescindir. A menos, por supuesto, que estés tratando de que esto se convierta en real.

Poppy frunció el ceño.

–Por supuesto que no estoy tratando de que esto sea real, ¿Por qué piensas algo así?

–No importa. Solo haz lo que yo haga.

–Lo que diga el jefe –afirmó Poppy encogiéndose de hombros–. Tu casa parece sacada de un cuento de hadas. Tienes mucha serte de vivir aquí –añadió mientras se acercaba al ventanal.

–Yo ya no vivo aquí –replicó él mientras se quitaba la chaqueta y la dejaba sobre el sofá–. Cuando vengo a Italia, me quedo en Roma.

–Entonces, ¿dónde está la casa a la que consideras tu hogar?

–Tengo casas en Londres y en Boston. Me paso el tiempo donde se me necesita.

–¿No te cansas de ir haciendo maletas siempre cuando tienes que ir de un lugar a otro?

–Yo no hago maletas. Tengo mi guardarropa en cada casa.

–Ah, vaya... Sí, yo también –añadió ella. Aquella era una prueba más de lo amplio que era el abismo que separaba los mundos de ambos.

Sebastiano sonrió de mala gana.

–Me disculpo por el comportamiento de mi prima. No esperaba ver al resto de la familia hasta mañana por la noche.

–No pasa nada. Al principio, pensé que era una antigua novia, pero, ¿qué estaría haciendo aquí una antigua novia? Es muy agradable y resulta imposible que no caiga bien. ¿Siempre tienen tanta chispa?

–¿Dirás que carezco de sentido del humor si te digo que desgraciadamente?

Poppy se echó a reír.

–Probablemente, pero tú la quieres mucho, ¿verdad?

–Es de la familia. Por supuesto que la quiero mucho.

Una nube oscura se apoderó de ella igual que cuando el sol de invierno se había oscurecido, dejando la preciosa vista en la sombra. Instintivamente se abrazó. No se podía decir nada de «por supuesto. Ser familia no garantizaba el amor».

Al darse cuenta de que Sebastiano la estaba mirando con atención, se apartó de la ventana.

–Nicole dijo que habrá más personas en la cena de esta noche. ¿Cuántos más sois?

–La hermana mayor de Nicole, que se llama Giulietta, y su pareja. También estará mi tía Andrea y mi tía Elena. Mi tío probablemente tomará demasiado vino antes de que sirvan el primer plato y se quedará dormido en el sofá y mi tía estará regañándole toda la noche.

–Suena maravilloso –dijo ella. Ciertamente, sentía envidia de aquella familia–. ¿Hay algo más que deba saber?

–No. En realidad, para ser italianos somos muy pocos, que es una de las razones por la que sospecho que mi abuelo quiere que me dé prisa y siente la cabeza.

–Y para eso se resiste a cederte el negocio familiar, para convencerte de que lo hagas.

–Más o menos.

–Parece un plan algo maquiavélico.

–Mi abuelo no tiene esa intención. Simplemente le molesta que yo siga soltero.

–Porque eres el último hombre de los Castiglione.

–Exactamente.

–Bueno, es un alivio, porque me pareció muy amable cuando lo conocí. ¿Y no puede alguno de tus parientes ocuparse de dirigir la empresa?

–Giulietta está en el mundo de la moda. Giancarlo es un próspero enólogo y Nicolette se dedica a la ingeniería. Dado que mi tío es artista y mi tía ama de casa, nunca se mostraron muy interesados tampoco.

–Lo que te deja solo a ti.

–Sí. Mi padre se habría hecho cargo, pero... Bueno, mi abuelo tiene buena intención. Solo cree que trabajo demasiado.

–Todo el mundo cree que trabajas demasiado, Por un lado, resulta admirable. Por otro da miedo. Hasta tus citas sociales están relacionadas con el trabajo.

–Corro nueve kilómetros al día. A veces más.

–¿Correr? Eso me sigue pareciendo trabajo, aunque no es que no admire los resultados.

Al darse cuenta de lo que acababa de revelar, se sonrojó. Los ojos de Sebastiano relucieron con interés.

–¿Acabas de decirme que me encuentras atractivo, Poppy?

–No.

Su sonrisa le dijo que estaba mintiendo.

–Me alegro mucho porque me dijiste que yo no soy tu tipo, ¿recuerdas?

–Bueno, no lo eres si estamos hablando de novios, pero como jefe eres sensacional.

–Entonces, ¿qué clase de hombre te gusta para novio?

–Bueno, no sé.... Alguien amable y considerado. Alguien con sentido del humor y que esté interesado en conseguir destacar en el mundo...

Alguien que la amara por sí misma y que comprendiera que siempre pondría primero las necesidades de su hermano.

–Ya sabes, las cosas de siempre –añadió.

–No has hablado de dinero.

–Preferiría encontrar a alguien de quien me pudiera

fiar que a alguien que tuviera una gran cuenta bancaria. De todos modos, tengo la intención de ganarme bien la vida para no tener que depender de nadie el resto de mi vida.

–Me resulta difícil creerlo...

–¿Por qué? –preguntó ella extrañada.

–Mi experiencia con las mujeres dice que todas buscan un hombre que pague las facturas. ¿Me estás diciendo que tú eres la excepción a la regla?

–Dado que yo pago mis propias facturas, supongo que sí.

Incómoda con la manera en la que él la estaba observando, Poppy se aclaró la garganta y añadió:

–Tal vez me deberías decir dónde voy a dormir para que me pueda preparar para cenar.

«Conmigo», fue lo primero que pensó Sebastiano. «No seas idiota», lo segundo.

No estaba seguro de que aquella hermosa y especial mujer fuera real, pero una profunda parte de su ser quería que así fuera. Llevaba sorprendiéndolo desde que la recogió en su piso. En cuanto ella le abrió la puerta, Sebastiano se dio cuenta de lo mucho que había estado deseando verla. No sabía qué era lo que tenía aquella mujer, pero le había llegado muy dentro. Aquellos descarados ojos azules que saltaban chispas de humor y fuego y contenían un montón de secretos. Esa boca que resultaba tan provocadora incluso cuando se tensaba. Ese cuerpo... Su figura era tan esbelta y tan delicada que tendría que tener cuidado con ella la primera vez.

¿La primera vez?

No habría primera vez entre ellos, a pesar de que el aroma lo atrajera irremediablemente y a pesar de que ella lo excitara hasta el punto de que las mujeres de su pasado se convertían en nombres sin rostro cuando ella lo tocaba. Poppy había dejado más que claro que no sentía interés alguno por él, que no era su tipo. Aquello era lo mejor, aunque le doliera.

–Dormirás en mi cama –dijo él con voz irritada.

–¿En tu cama?

–Tranquila, Poppy. Yo no estaré.

–Bueno, no esperaba que estuvieras, pero... ¿dónde vas a dormir?

Sebastiano miró al sofá que había contra la ventana.

–No puedes dormir ahí –le dijo ella–. Es demasiado corto.

–Me servirá.

–No. Yo puedo dormir en el sofá, créeme. He dormido en sitios peores.

–¿Cómo peores? –preguntó él frunciendo el ceño.

–Bueno, ya sabes... peores. Aunque bueno, puede que tal vez no lo sepas –dijo ella tras mirar de nuevo a su alrededor–. Sea como sea, yo dormiré en el sofá.

–En realidad, sí lo sé –replicó él, incómodo de que ella pensara que era un niño rico y mimado–. Estuve un año en el ejército. Sea cual sea el país en el que estés, el suelo está siempre duro.

–De acuerdo. Acepto la corrección, pero eso no significa que yo no vaya a dormir en el sofá.

–Eres mi invitada –insistió él–. Tú te quedas con la cama –añadió mientras se dirigía a abrir la puerta en la que estaba su antiguo dormitorio y la abría.

Poppy lo siguió de mala gana.

–Es muy grande –comentó ella al ver la enorme cama.

–¿Qué esperabas?

Ella lo miró.

–Tal vez yo podría utilizar la habitación de invitados –murmuró.

Sebastiano se apartó de ella y se sirvió un vaso de agua de la jarra que había sobre una mesa.

–¿Y qué crees que pensaría mi familia?

–No lo sé... Me había imaginado que tus abuelos estarían chapados a la antigua en lo que se refiere al sexo antes del matrimonio y que nos harían dormir en habitaciones separadas.

–Soy un hombre hecho y derecho, *bella*. Les parecería raro que no durmiera contigo. Mis abuelos han evolucionado con los tiempos. Aparentemente, mi abuela hasta tiene un smartphone.

Poppy sonrió.

–Pareces molesto.

–Todo esto del fin de semana me molesta –replicó él mientras se mesaba el cabello con la mano.

–¿Porque tienes que estar aquí conmigo?

–Porque tengo que estar aquí. Nada más.

Ella frunció el ceño.

–Pensaba que amabas a tu familia.

–Y claro que la amo. Esto... –se interrumpió enseguida. Lo último que quería hacer era abrirse a una mujer a la que apenas conocía y contarle por qué aquella casa le evocaba tan dolorosos recuerdos–. No importa. Normalmente, no nos vestimos muy formales para cenar, pero dado que todos han sido invitados, podrías querer arreglarte un poco.

–Gracias. Una cosa más...

Sebastiano estaba a punto de ponerse a trabajar.

–¿De qué se trata?

–Aunque parece que no quieres estar aquí, podrías ser algo más discreto sobre el tema del trabajo. Un hombre enamorado se tomaría tiempo para divertirse con su novia mientras estuviera aquí.

–¿De qué estás hablando?

–Antes, cuando te diste cuenta de que tu abuelo no estaba, no pudiste ocultar el disgusto.

–Eso es porque estaba disgustado.

–Como te he dicho, tal vez deberías tratar de ser más moderado. Después de todo, la razón por la que yo estoy aquí es para que te vean de una manera diferente.

–La razón por la que estás aquí es para hacer lo que yo diga –replicó él. No estaba acostumbrado a que se cuestionaran sus actos–. Confía en mí, Poppy. Sé lo que estoy haciendo.

–Por supuesto porque...

–No te atrevas a decirlo –gruñó él.

Se había quedado asombrado al darse cuenta de la dirección que tomaba su comentario. Había cometido una estupidez al decirle que podía ocuparse de todo porque cerraba acuerdos multimillonarios todos los días.

Ella se echó a reír.

–Te aseguro que no iba a hacerlo.

Los dos sabían que no era así. Con aquel ligero comentario, ella había conseguido sacarle del mal humor en el que había estado a punto de hundirse.

Con eso, Poppy cerró la puerta del dormitorio. Sebastiano permaneció mirándola mucho tiempo después de que ella lo hubiera hecho. Normalmente, las mujeres con las que salía pensaban más en sí mismas que en los demás. No le resultaba del todo cómodo pensar que, en el caso de Poppy, no era así.

Capítulo 7

POPPY cerró la puerta del dormitorio y se apoyó sobre ella, esperando que los nervios se le tranquilizaran. No sabía por qué sentía la necesidad de gastarle bromas constantemente, pero no podía controlarse. Sebastiano se mostraba tan serio todo el tiempo que no podía evitar pensar qué era lo que hacía que se comportara así y si permitía alguna vez que alguien penetrara en su distante exterior.

Suspiró y miró la cama, sobre la que estaban las bolsas de ropa, que deberían haber llegado al dormitorio mientras ella estaba abajo. En aquellos momentos, ansiaba mucho más que una ducha y un cambio de ropa. Anhelaba irse a casa y sentía una instintiva necesidad de protegerse.

Miró si tenía más mensajes de Simon, pero él debía de estar aún en el cine. Sonrió y le envió las fotos que había tomado con su teléfono durante el trayecto en coche desde Nápoles. Simon le respondió con un emoticono de carita enfada y le dijo que él debería estar también allí con ella.

Le encantaría que Simon la acompañara la próxima vez, aunque no sería muy pronto. Tendría que terminar sus estudios primero y luego debería encontrar un trabajo para darles a ambos mejores posibilidades para el futuro antes de tomarse vacaciones en lugares exóticos.

Se dirigió al cuarto de baño y suspiró al verse tan pálida. El fin de semana acababa de comenzar y ya se sentía como un pez fuera del agua.

Después de ducharse y de secarse el pelo con los delicados productos que encontró en el cuarto de baño, regresó al dormitorio y se dirigió al enorme vestidor. Antes, se había dado cuenta de que alguien, seguramente una de las criadas, debía de haber sacado la ropa que llevaba en su bolsa de viaje. Sus escasas pertenencias estaban allí colgadas, como si fueran los restos que alguien no se había querido llevar.

Recordó a Nicole con su elegante vestido morado. Sabía que jamás podría alcanzar su estilo, pero suponía que lo que había en aquellas bolsas al menos podría acercarse a lo que había visto más que lo que colgaba tristemente de las perchas. Además, si quería representar bien su papel, debía ponerse el disfraz adecuado...

Al final, el orgullo ganó la partida y decidió ignorar las bolsas. Suspiró y, tras examinar su ropa, se decantó por un vestido de punto verde. Lo encontró en una tienda de segunda mano y Maryann decía que le quedaba muy bien.

Se lo puso rápidamente y se recogió el cabello con una elegante coleta para después ponerse unas sandalias negras. Pocas veces tenía la oportunidad de arreglarse tanto y sintió una ligera excitación al mirarse al espejo.

¿La admiraría Sebastiano con aquel vestido o se enfadaría porque no se hubiera puesto una de las prendas que él le había regalado?

Apretó los labios al darse cuenta de adónde la llevaban aquellos pensamientos. No quería que Sebastiano le mostrase su aprobación ni que no se la demostrase. Solo tenía que convencer a su familia de que ella era alguien de quien Sebastiano podía enamorarse. Se miró el reloj de Mickey Mouse. Hasta entonces no había visto motivo para quitárselo y no iba a ser la primera vez aquel día. Le importaba muy poco que Sebastiano no se planteara nunca salir con una mujer que lo llevara puesto.

Oyó que recibía un mensaje y sonrió. Era de Simon para contarle todo sobre la película que acababa de ver. Se concentró tanto en charlar con su hermano que no oyó a Sebastiano hasta que él le dijo con voz seca:

—Ya me dirás cuándo estás lista.

Se dio la vuelta y se sorprendió mucho al verlo en la puerta.

—Te aseguro que he llamado —añadió al ver la expresión del rostro de Poppy—, pero parecías estar demasiado concentrada en tu teléfono como para escucharlo.

Poppy se fijó en los pantalones negros y en la camisa a juego, que llevaba remangada hasta los codos. Su imagen era la del arrogante chico malo que era. Una mujer tendría que estar loca o muy segura de sí misma, para aceptar a un hombre como él. Y ella no era ninguna de las dos cosas. Sin embargo, sí que era humana y, al verlo, algo se despertó dentro de ella, junto con el viejo sentimiento de desear quedarse con algo aun sabiendo que jamás podría ser suyo.

—De acuerdo —dijo ella humedeciéndose los labios—. Supongo que ha llegado el momento.

Sebastiano miró las bolsas sin abrir que había sobre la cama y tensó los labios.

—Como te he dicho, déjate llevar por mí y todo saldrá bien.

Poppy se alisó la falda del vestido y se dirigió hacia él.

—¿Qué significa eso de que me deje llevar por ti?

—Que dejes de preocuparte —respondió él. Estaba mirando cómo ella se pellizcaba suavemente la falda del vestido.

—Te aseguro que no estoy preocupada —replicó ella. Se sentía algo incómoda por el hecho de que él la hubiera sorprendido con su tic nervioso—. Bueno, tal vez un poco, pero.... Pero en realidad no creo que... –añadió. Una oleada de pánico se apoderó de ella y se agarró con fuerza al brazo de Sebastiano.

–¿Que esto vaya a salir bien?

–Bueno, no veo cómo va a ser así –afirmó ella, algo enojada por el hecho de que él no se tomara sus preocupaciones en serio–. Somos de mundos diferentes, Sebastiano, y no me gusta tener que mentir a tu familia. Son muy agradables y yo no soy muy buena actriz. Probablemente ya se han dado cuenta de lo que pasa.

–¿Si fueran desagradables te resultaría más fácil?

–Estoy hablando en serio.

–Y yo también –suspiró él mientras se mesaba el cabello–. Sobre lo de que somos de mundos completamente diferentes, mi *nonna* estaba trabajando en la cocina de mi *nonno* cuando se conocieron, así que, créeme, el hecho de que tú trabajes para mí les parecerá hasta romántico. Sobre tu segunda preocupación... No mentiremos.

–Creo que vas a tener que aclarar a lo que te refieres –susurró ella–. ¡Tu prima ya ha dicho que se moría de ganas de enterarse de cómo te cacé!

–Lo único que tienes que hacer es fingir que tenemos una relación, en cuanto a los detalles... nos atendremos a la verdad tanto como sea posible. Nos conocimos hace seis semanas cuando viniste a trabajar para mí...

–Técnicamente, nos conocimos hace una semana.

–Ese es un detalle sin importancia. También podemos decir que nos conocimos hace poco, lo que es cierto, por lo que nuestra relación es aún muy reciente.

Poppy frunció el ceño.

–Creía que tú querías que yo fingiera que eras la luz de mi vida.

–Tras ver el entusiasmo de Nicole, creo que es demasiado difícil que crean que estamos enamorados desesperadamente. Tendrá que bastar que mi familia crea que somos pareja. Si mi abuelo lo ha interpretado como un compromiso para toda la vida, es su problema y no el mío.

Poppy se mordió el labio inferior, esperando sentir alivio por sus palabras. Sin embargo, estas la dejaron bastante desinflada. No comprendía por qué. Por supuesto que a un hombre como Sebastiano le resultaría difícil fingir estar desesperadamente enamorado de una mujer como ella. ¿Acaso no era eso precisamente lo que había dicho?

—Bien —consiguió decir—, ¿pero y si eso no le basta para cederte el puesto de director ejecutivo?

—Bueno, cruzaré ese puente cuando llegue a él.

—Está bien —afirmó ella. Agarró un chal de muchos colores del respaldo de una silla—. Es tu espectáculo.

Sebastiano la miró cuando ella se acercó a su lado. Si era su espectáculo, ¿por qué no sentía que estaba al mando de lo que estaba ocurriendo?

Frunció el ceño e invadió deliberadamente el espacio de ella, fascinado por el pulso que le latía en la garganta.

—Efectivamente, es mi espectáculo y lo que necesito de ti es que no haya contacto innecesario ni preguntas curiosas ni nada de fantasear sobre nuestra historia. ¿Crees que podrás hacer eso?

—Por supuesto que puedo —respondió ella con una sonrisa que no se le reflejó del todo en los ojos—. Novia falsa lista y preparada.

—Bien —repuso Sebastiano. Respiró profundamente y trató de ignorar el nudo que se le había hecho en el pecho.

«Por supuesto que puedo».

Dos horas más tarde, Sebastiano pensó en las palabras de Poppy y sintió una enorme frustración. Aquella mujer tenía ley propia y ni siquiera parecía ser consciente de ello. Una bola de destrucción humana. En realidad, no había hecho nada en aquella ocasión, pero estaba sembrando el caos en sus sentidos. Se frotaba contra él cada vez que se movía en el asiento, le rozaba el antebrazo con los dedos cada vez que necesitaba algo... La última vez que se había inclinado sobre él, Sebastiano había estado a punto de colocarle todo lo que había en la mesa delante de él para que no tuviera que volver a pedirle nada.

Todo ello mientras se mostraba completamente encantadora, relatándole a su familia historias sobre el trabajo en la empresa y cómo le había arrojado un café encima cuando se conocieron. Eso llevó a Giulietta a preguntarle si había sido amor a primera vista. Poppy le había mirado a él mientras se mordía el labio, como si no estuviera segura de cómo responder. ¿Y cómo se suponía que tenía que responder él si no era diciendo que sí? Si no tenía cuidado, su familia le obligaría a fijar la fecha de la boda si no tenía cuidado.

Poppy también explicó que quería ayudar a los menos afortunados cuando terminara sus estudios de Derecho, todo ello sin revelar detalles sobre su pasado y consiguiendo siempre que su familia se centrara en el presente. Sebastiano tenía que reconocer que era muy hábil, pero Poppy no se había dado cuenta de que, cuanto menos revelaba sobre sí misma, más quería saber él.

¿A quién estaba tratando de engañar? Después de tanto contacto a lo largo de la noche, lo único que deseaba saber sobre ella era el sabor de sus labios si la besaba.

En aquellos momentos, sabrían a vino, a pasión y a deseo. Una pasión que sospechaba que ella trataría de negar incluso antes de que floreciera.

Apretó los puños. Su cuerpo ansiaba saber si tenía razón, si ella respondía tan ardientemente como había imaginado aquella mañana cuando Poppy le hizo el nudo a la corbata. Se había advertido que se olvidara de todo porque, cuanto más pensaba en ella de ese modo, más la deseaba. Aparte del hecho de que no quería darle pie, había algo en Poppy que resultaba peligroso para su equilibrio, algo que le advertía que diera un paso atrás y siguiera con su vida.

—Sebastiano —murmuró ella—. ¿Va todo bien?

Otra mala costumbre que ella tenía. Parecía leerle el pensamiento mejor que ninguna otra persona que conocía.

—Por supuesto —dijo—. ¿Por qué me lo preguntas?

—Bueno... Vuelves a estar muy tenso...

—Estoy cansado —comentó. Eso era cierto.

Antes de que Poppy tuviera tiempo de comentar algo al respecto, su teléfono móvil comenzó a sonar. Sebastiano había notado que utilizaba constantemente los mensajes para comunicarse y que el maldito aparato nunca estaba muy lejos de su lado

—Perdón —susurró ella—. Tengo que contestar.

—*Va bene, va bene* —dijo Giuseppe con indulgencia, aunque nunca permitía los móviles en la mesa.

Sebastiano observó cómo ella salía a la terraza. ¿Con quién estaría hablando? ¿Con Simon?

No tenía ni idea de quién era, pero le escocía haber escuchado cómo ella le decía que le quería aquella mañana, cuando llegó a recogerla. Tal vez no hubiera importado tanto si ella le hubiera dicho de quién se trataba, pero no lo había hecho, lo que había despertado aún más su interés.

—¿Sebastiano?

¿Era un novio, un amante? ¿Qué pensaría de que ella se hubiera marchado con él a Italia? ¿Lo sabría el pobre infeliz?

–Sebastiano, *dove hai la testa?* –le preguntó su abuelo con una suave carcajada.

Giuseppe quería saber dónde tenía la cabeza. Ciertamente, no donde debería estar.

–Está muy bien ver cómo te preocupas por tu novia –dijo Nicole. Había malinterpretado lo que realmente ocurría–. Pero relájate. Yo iré a buscarla para asegurarme de que no se pierde.

Otra irritante fémina. Sebastiano volvió a acomodarse en su silla y se preguntó si parecería más centrado si comenzara a hablar de negocios con su abuelo...

Una sonriente Nicole se acercó a Poppy. Esta se había dado cuenta de que Sebastiano también había salido al exterior y estaba hablando con su abuelo. Esperaba que por fin estuvieran concretando el asunto que los había llevado hasta allí.

–Bonita vista, ¿verdad?

Poppy miró hacia la costa, que estaba iluminada por las luces que marcaban la majestuosa costa y asintió.

–Increíble.

–Me refería al hombre y no al paisaje.

–¡Ah! –exclamó Poppy tratando de sonreír–. Sí a las dos cosas.

–Me alegro mucho de que estés con mi primo. Jamás le he visto mirar a una mujer del modo en el que te mira a ti.

Por lo que Poppy había notado, Sebastiano la miraba gran parte del tiempo como si quisiera estrangularla. Por lo que él le había dicho antes de bajar a cenar y por su propio empeño en conseguir que la relación pareciera normal, a pesar de que ella misma no tenía ni idea de lo que era una relación normal, se sentía muy nerviosa. Además, tampoco había ayudado que él se hubiera sentado a su lado a la hora de la cena y que sintiera el contacto del poderoso muslo contra el de ella cada vez que Sebastiano se movía. No era culpa suya que él ocupara demasiado espacio.

—Estoy segura de que tu primo ha mirado a muchas mujeres del modo en el que me mira a mí...

—Que yo haya visto, no. De hecho, nunca ha traído a ninguna mujer a conocer a la familia. Eso significa que tú eres importante.

—¿A nadie?

—No. Por eso sabemos que tú eres la elegida, aparte del hecho de que te mira como si quisiera tragarte entera.

Poppy sintió que sonrojaba, lo que entristeció a Nicole.

—Lo siento. No quería avergonzarte. Es que estoy celosa —suspiró—. Quiero encontrar un hombre que me mire así algún día.

—¿Así cómo? —preguntó Sebastiano mientras se colocaba junto a Poppy.

Los latidos del corazón de Poppy se aceleraron y su cuerpo pasó a estar en estado de alerta. Estaba tan cerca que era capaz de sentir el calor que emanaba de él.

—Como si quisiera tragarme...

Poppy deseó que el suelo la tragara entera a ella.

—Eres demasiado joven. Si un hombre te mirara de ese modo —dijo Sebastiano—, tendría que vérselas conmigo.

—¡Tonterías! Tengo veinticuatro años —replicó Nicole muy enojada—. Un año más joven que Poppy.

—Como te he dicho —insistió Nicole—. Demasiado joven.

Nicole torció el gesto y Sebastiano le tiró de la nariz como si tuviera diez años. A Poppy le recordó cómo le gustaba tratar a ella a Simon y una repentina calidez invadió su corazón. Tal vez no era el buitre que había imaginado en un principio, sino un ser más humano de lo que a ella le gustaría que fuera. Si no tenía cuidado, corría el riesgo de perder el corazón.

—Ten cuidado, Poppy —le advirtió Nicole—. Los hombres Castiglione a veces piensan que son los dueños del mundo.

Sebastiano se echó a reír. Su prima volvió a entrar en la casa.

—No la escuches —dijo él—. Los hombres Castiglione sabemos que somos los dueños del mundo.

Poppy no pudo contener una sonrisa y sacudió la cabeza.

—Estás muy seguro de ti mismo.

—Sí.

La sonrisa de Sebastiano le quitó el aliento y se echó a temblar. Ni siquiera estaba tratando de ser encantador con ella. ¿Qué ocurriría si él se empeñara en ganar su corazón?

—¿Tienes frío?

—No... Bueno, sí. Un poco, pero...

Se detuvo al sentir que él le colocaba su americana sobre los hombros. El aroma era tan limpio y cálido que la envolvió inmediatamente y ella tuvo que respirar profundamente. Comprendió que tendría que poner distancia entre ellos porque ya se sentía completamente abrumada por él.

—Siento lo de antes —murmuró—. Lo del amor a primera vista en la mesa. No quería ponerte en ese brete.

—¿No?

—Por supuesto que no. Veo que te has relacionado con las mujeres equivocadas.

—Eso es lo que cree mi abuelo.

—Mira, Sebastiano. No es muy posible que se me olvide que todo esto es una farsa. Además, sé perfectamente por qué estoy aquí. El problema es que no estoy acostumbrada a ser el centro de atención y no me gusta.

–¿A qué estás acostumbrada?

–¿Qué quieres decir?

–Quiero decir que qué es lo que haces cuando no estás estudiando o trabajando.

Poppy se encogió de hombros.

–Trabajo, como todo el mundo...

–¿Que trabajas?

–Sí. Limpio despachos por la noche.

–¿Por la noche? ¿Por qué?

–Por amor al arte –comentó ella con una carcajada–. ¿Y a ti por qué te parece?

–Está bien. Tienes razón, pero, ¿por qué por la noche? ¿Para poder acoplarlo a tus clases?

–No. Es por mi hermano. Me gusta estar en casa cuando él llega del colegio.

–Había dado por sentado que tu hermano aún seguía en casas de acogida.

–De ninguna manera. No lo dejaría con nadie cuando soy perfectamente capaz de cuidar de él.

No le gustaba el modo en el que Sebastiano la estaba mirando y trató de poner distancia entre ellos. Sin embargo, Sebastiano le agarró las solapas de la chaqueta y tiró de ella hasta que su dulce aroma se adueñó por completo de sus sentidos, haciéndole arder por dentro.

Por alguna razón, la idea de que Poppy trabajara de noche mientras él dormía le molestaba profundamente. Previamente, siempre se había mostrado indiferente a las necesidades de una mujer fuera del dormitorio porque no quería animarlas a pensar que él buscaba algo más que el contacto físico. Eso había sido antes. Hasta que conoció a Poppy.

Lo que sentía no tenía nada que ver con el ego, sino por la pasión y el deseo. Aunque no era capaz de explicar la atracción que sentía hacia ella, sabía que el único modo de librarse de ella era poseyéndola. Desnuda y ardiente para él. Sabía muy bien que ella también lo deseaba. Había notado el modo en el que ella había mirado su rostro desnudo el domingo anterior y el modo en el que se tensaba casa vez que se acercaba a él.

¿No era su tipo? Claro que lo era. Mucho más que ese Simon.

–¿Quién es Simon?

–¿Simon?

–Sí. El que te regaló el reloj. Estabas hablando por teléfono con él cuando llegué a tu apartamento y cada vez que su nombre sale en tu maldito teléfono, pierdes la vida por contestar, como si fueras a apagar un fuego.

–Pareces sorprendido.

–Tengo que confesar que sí.

–Pues no entiendo por qué. Tú también te muestras muy cercano con tu propia familia. ¿Acaso no responderías a un mensaje de Giulietta o Nicole?

–Estamos hablando de Simon, no de mis primas.

–Lo sé, pero no veo la diferencia

Sebastiano miró los azules ojos de Poppy y, de repente, lo comprendió todo. Se sintió como un tonto.

–Entiendo. Simon es tu hermano.

–Sí. ¿Quién...? ¡No! –exclamó mientras se tapaba la boca con la mano para ahogar una carcajada–. ¿Habías pensado que era... mi amante?

–Por supuesto que sí. Le dijiste que lo querías.

–¿Y esa es la razón por la que te pones enfermo cada vez que uso el teléfono? –preguntó ella casi sin poder contener la carcajada.

–Deja de reírte.

–Tienes que admitir que es muy divertido...

Sebastiano tiró un poco más de ella. Entonces, soltó las solapas de la chaqueta para deslizarle las manos a ambos lados del rostro. Poppy dejó inmediatamente de reír y abrió los ojos como platos.

–¿De verdad te parece que es divertido?

–Sebastiano... ¿qué estás haciendo? –le preguntó mientras le agarraba las muñecas con las suyas.

–Voy a mostrarte lo que yo haría si esta relación fuera real...

Se recordó que era falsa al cien por cien antes de inclinarse sobre ella y cubrirle los labios con los suyos. Eran tan suaves como los pétalos de una flor y se separaron con una exclamación de sorpresa. Sebastiano la apretó un poco más contra su cuerpo y la besó más apasionadamente, buscando acceso a los cálidos recovecos de su boca.

–Ábrela para mí... Bésame como llevo toda la semana imaginando que lo harías... Deja que te saboree, *bella*. Deja...

Poppy hizo lo que él le había pedido y provocó que un gruñido se escapara de los labios de Sebastiano. Ella misma gimió suavemente cuando notó que la lengua de él se movía contra la suya.

Sebastiano inclinó la cabeza para poder profundizar el contacto. Le dejó una mano sobre el rostro mientras le colocaba la otra sobre la cintura, para atraerla más aún hacia él.

Su sabor era tan dulce... Sebastiano estaba seguro de que nunca antes había experimentado un beso como aquel. La apasionada respuesta de Poppy provocó en él un increíble anhelo.

Una parte de su ser lo animaba a poseerla mientras que otra lo cuestionaba. Sin embargo, ella parecía estar en llamas y apartaba de su lado todo pensamiento racional. Le agarraba con fuerza los hombros y enredaba la lengua con la de él en deliciosa imitación de lo que Sebastiano le estaba haciendo. El deseo se apoderó por completo de él. Nunca antes había experimentado una pasión así y quería empujarla hasta la superficie más cercana para tomar todo lo que ella tuviera que ofrecer.

Sin poder contenerse, levantó una mano y le cubrió un seno. Inmediatamente, comenzó a acariciar el erecto pezón. Ella protestó suavemente y se apartó inmediatamente de él para taparse el pecho con las manos.

—Poppy...

—Sebastiano, espera...

Aquella expresión de pánico se infiltró por fin en su cerebro y lo animó a detenerse. Entonces, miró a su alrededor y vio que estaban juntos al lado de la piscina. Cualquiera podría haberlos visto desde la casa...

—Oh, Dios... Yo... ¿Nos habrá visto alguien?

Sebastiano no tenía ni idea. En realidad, no le importaba

—Es posible...

—¿Que es posible? —le preguntó mientras trataba de atusarse el cabello y colocarse los mechones que él le había soltado. Entonces, dio un paso atrás y se agarró la chaqueta antes de que esta se le deslizara de los hombros—. ¿Por qué me has besado así si crees que nos podría haber visto alguien?

—Así, si alguien de mi familia nos ha visto, ya no tendrá dudas de que lo nuestro es de verdad...

—Vaya... Eres un poco cruel...

Sebastiano respiró profundamente. No recordaba la última vez que besó a una mujer con tan poco control y él siempre se enorgullecía de lo bien que controlaba sus reacciones.

—No tan cruel —protestó—. Si lo fuera, ya te tendría arriba. Desnuda.

Capítulo 8

S I LO fuera, ya te tendría arriba. Desnuda».

El corazón de Poppy le latía con fuerza en el pecho cuando recordaba una y otra vez aquellas palabras. Se dio la vuelta por centésima vez y golpeó la almohada para darle forma, esperando que eso la ayudara a dormir. Cinco minutos más tarde, trataba de escuchar para ver si Sebastiano estaba teniendo los mismos problemas para dormir.

Por supuesto, de la otra habitación no se escuchaba nada más que silencio. ¿Por qué iba él a tener problemas para dormir? Probablemente besaba a las mujeres así constantemente mientras ella, por primera vez, comprendía cómo una mujer podía volverse tonta por un hombre. Siempre había dado por sentado que eso no le ocurriría a ella y acababa de pasarle. Solo con recordarlo temblaba por dentro.

Lo que sí le gustaría saber era cómo había ocurrido aquello. Por supuesto, él era muy guapo, pero era un megalómano que trataba fatal a las mujeres, un hombre por el que no debería sentir nada.

Sin embargo, sí que sentía algo. Sentía... sentía... En realidad, no sabía lo que sentía más que el profundo aturdimiento que le causaba el recuerdo de aquel poderoso beso. Solo con recordarlo mentalmente, se echaba a temblar. El tacto de los dedos, las caricias de la lengua, la mano sobre el seno... Levantó su propia mano para tocarse aquella carne tan sensible y se apretó con los dedos tal y como él había hecho.

«¡Basta!». No podía revivir algo que ni siquiera debería haber ocurrido. Desgraciadamente, su cerebro no la escuchaba. Siempre había sido una persona sensata, incluso de niña. Su propia madre había lamentado aquella faceta de su personalidad, como tampoco alguna de las familias de acogida. Sin embargo, a ella siempre le había ayudado a funcionar bien. Le permitía compartimentar las cosas que le ocurrían y le facilitaba levantarse y seguir adelante cuando le ocurría algo malo.

Besar a Sebastiano no había sido nada malo, sino más bien lo contrario. Había sido maravilloso, celestial... Poppy volvió a golpear la almohada. La verdad era que nunca había besado así a un hombre en su vida. Nunca había sentido la inclinación dado que recordaba bien el embarazo adolescente de su madre y el dolor que había causado. Sin embargo, en brazos de Sebastiano, habría arrojado al viento todos sus principios y se habría entregado al deseo que él despertaba en ella y que aún le hacía temblar sin reserva alguna y sin pensar en el bienestar de Simon.

Seguramente, la razón era lo cansada que se encontraba por lo estresante que le resultaba aquella situación. En su deseo de no fracasar, se había entregado a su papel demasiado entusiásticamente. Con toda seguridad, aquello explicaba su absoluto abandono cuando Sebastiano la besó. ¿No?

Suspiró y cerró los ojos. Tenía que tratar de olvidar el incidente y asegurarse de que nunca más volvía a ocurrir.

Por primera vez en quince años, Sebastiano se despertó en el aniversario de la muerte de sus padres sin que ellos ocuparan su primer pensamiento. Lo ocupaba Poppy Connolly. No sabía si sentirse contento o contrariado. Lo que sí sabía era que entre las dos y las cuatro de la mañana había tomado la decisión de tratarla como si aún fuera uno de sus empleados. Él nunca mezclaba los negocios con el placer y si pensaba en ella en el trabajo, seguramente no volvería a sentir la tentación de besarla.

«Que te crees tú eso».

Decidió ignorar la voz en su interior y se sentó para estirarse la tensión del cuello. El día anterior, le había mentido a Poppy cuando le dijo que había dormido en sitios peores que en aquel sofá. Nada podía ser peor.

Oyó que Poppy ya se había levantado y que estaba en la ducha. Sintió la necesidad de reunirse con ella y, rápidamente, agarró sus pantalones de correr.

El trabajo era su panacea cuando llegaba aquel día. El trabajo y el whisky. Desgraciadamente, Poppy sin duda interrumpiría su trabajo y sus abuelos fruncirían el ceño si se bebía una botella de whisky antes de desayunar. Por lo tanto, lo único que le quedaba era el ejercicio.

Salió por la escalera trasera para evitar encontrarse con nadie y empezó a correr. Habían pasado quince años desde la última vez que estuvo en la casa en aquella fecha. Seguramente, volverían a pasar otros quince antes de que volviera a repetir. Les enviaría a sus abuelos un enorme regalo de aniversario como compensación.

Había esperado que el ejercicio físico lo ayudara a controlar sus demonios lo mismo que el alcohol. «El sexo sí ayudaría», pensó.

Desgraciadamente, el sexo no estaba disponible. Se tendría que conformar con los sueños eróticos sobre su becaria. No había soñado con una mujer que no pudiera poseer desde que era un adolescente. La imagen de Poppy sentándose encima de él a horcajadas, ataviada con un ligero salto de cama rosa que se le deslizaba por los hermosos senos, con el cabello suelto y cayéndole por el rostro mientras descendía sobre él para acogerlo dentro de su cuerpo profundamente, ocupaba el centro de su pensamiento.

¡Maldita sea! Trató de correr aún más fuerte para exorcizar aquel recuerdo. Se detuvo al borde de los jardines que rodeaban la casa. Tenía que dejar de pensar en Poppy. No la había llevado hasta allí para acostarse con ella, sino para convencer a su abuelo de que había cambiado y se merecía hacerse cargo de la empresa familiar.

En realidad, se lo merecía menos que nadie, pero era el único que podía hacerlo, tal y como le había explicado a Poppy y su abuelo necesitaba retirarse. Ya lo habría hecho si Sebastiano no le hubiera arrebatado a su hijo mayor: su padre.

La ira y el desprecio se apoderaron de él. La noche del accidente que provocó la muerte de sus padres, se había estado comportando como un mocoso maleducado. Nunca había podido olvidarlo.

Maledizione.

¿Qué le había hecho pensar que podía regresar justamente aquel día? Erróneamente, había creído que demostraría que había conseguido dejar atrás la culpabilidad de su pasado, pero más bien había conseguido lo contrario. Dio gracias a Dios de que no hubiera fotos de él con sus padres en la pared del salón.

Echó de nuevo a correr hacia la casa, obligándose a esprintar en el último repecho, pero los recuerdos de aquel fatídico día no lo abandonaban.

Durante los días posteriores al accidente de sus padres, recorría aquellas colinas hasta que prácticamente caía rendido por el agotamiento. Lo acompañaba el viejo retriever de sus abuelos y lamía las lágrimas que él era incapaz de contener. Un mes después, el perro murió también, sin duda por la tristeza que había descargado en él. Solo entonces se permitió desahogarse.

Desde entonces, había evitado hablar del tema. Se había refugiado en su trabajo y en construir una gran empresa, pero, sin embargo, algo seguía turbándolo. Una sensación de vacío que sabía que solo se podría satisfacer si se hacía con el control de CE.

Al dar la vuelta a la esquina de la casa, vio a sus abuelos, a Nicolette y a Poppy desayunando en la terraza. Ellos no lo vieron al principio, porque todos estaban pendientes del regalo que la abuela estaba desenvolviendo. Poppy se metió un mechón de cabello castaño detrás de la oreja y se mordió el labio inferior. Inmediatamente, el recuerdo que lo había asaltado en su carrera, tan doloroso, se vio reemplazado por uno mucho más placentero. El tacto de los labios y del seno entre sus dedos. Ardía en deseos de llevarla arriba y convertir sus fantasías en realidad, pero, justo en ese momento, su abuelo lo vio.

—Bastian, ven a reunirte con nosotros. Poppy nos acaba de dar un hermoso regalo por nuestro aniversario.

Sebastiano sintió que se le hacía un nudo en el estómago. ¿Les había comprado un regalo a sus abuelos?

—Es exquisito —dijo Nicolette—. ¿Quién es el diseñador?

Sebastiano observó la delicada figura de cristal soplado que su abuela tenía entre los dedos y que estaba inspeccionando muy cuidadosamente. Se trataba de un caballo alado.

—No es de ningún diseñador. Lo ha hecho Simon.

—¿Tu hermano? ¡Tiene mucho talento! —exclamó Nicolette.

–Te agradezco mucho que me lo digas. Yo también lo creo, pero, en estos momentos, no es nada más que un hobby. Lo llevé a una exposición de trabajos en cristal en la Tate Modern el año pasado y se ha obsesionado.

Sebastiano se acercó a Poppy mientras admiraba la figura. Ella se sonrojó inmediatamente, lo que le llevó a él a pensar que estaba recordando el beso de la noche anterior.

–*Buongiorno*, Poppy. Te has levantado muy temprano.

–Yo... no podía dormir... Después de que te marcharas –añadió, al ver que Nicolette y los abuelos la estaban observando.

Sebastiano le acarició suavemente la nuca y sintió que el cuerpo de Poppy temblaba.

–No quería molestarte –murmuró, como si realmente se acabara de levantar de la cama.

–Acaban de preparar el café –le dijo su abuela–. Deja que te sirva una taza.

–No te preocupes, *nonna*. Tengo que darme una ducha antes de que llene a Poppy de sudor. *nonno*, ¿a qué hora quieres reunirte hoy?

–¿Ya estás pensando en los negocios? Por eso tienes tanto éxito, *nipote mio*, pero esa es también la razón por la que necesitas a Poppy a tu lado. Te arriesgas en convertirte en menos humano.

–Soy humano –replicó él. Precisamente, en aquellos momentos estaba teniendo una reacción muy humana hacia Poppy.

–Hablando de planes para el día, Bastian –dijo Nicolette–, le he preguntado a Poppy si le gustaría salir a navegar en el *Destino*. He pensado que resultaría agradable mostrarle parte de la Riviera dado que tú vas a estar con reuniones todo el día. Y ella nunca ha montado en barco. Será su primera vez.

De alguna manera, las palabras «primera vez» despertaron algo en su sangre italiana. A pesar de lo centrado que había asegurado que estaba el día anterior, anunció que le parecía una gran idea y que la llevaría él mismo.

Poppy se negó inmediatamente y le dijo que comprendía que estaba allí para trabajar y no para entretenerla. Parecía sincera, pero Sebastiano creyó notar una nota de pánico en su voz e imaginó que su reticencia tenía más que ver con lo ocurrido la noche anterior que con la consideración que pudiera tener para los objetivos de trabajo de Sebastiano.

–*Va bene, va bene* –dijo el abuelo–. ¿Por qué no vamos todos? No necesitamos estar en un despacho para hablar de negocios y en la casa va a haber mucho jaleo por los preparativos de la fiesta de mañana.

La abuela mostró enseguida su aprobación. Sebastiano se maldijo. En primer lugar, había hecho una sugerencia que no había querido hacer y, en segundo lugar, Poppy y él estarían bajo el escrutinio de todos constantemente, sobre todo de los abuelos, que eran mucho más astutos que Nicolette.

–Genial –dijo él mientras tomaba un bollo de la cesta–. Dejadme que me dé una ducha.

–¿Sebastiano?

Poppy presentó sus excusas en la mesa y echó a correr detrás de Sebastiano. Lo alcanzó a mitad de las escaleras.

–¿Qué ocurre, *bella*?

Poppy respiró profundamente para recuperar el aliento antes de poder hablar.

–Solo quería decirte que, si prefieres quedarte aquí y trabajar, te veas libre para hacerlo. Yo tengo que estu-

diar para un examen que tengo dentro de un par de semanas.

–Ya es demasiado tarde, pero llévate los apuntes si
quieres. Y una chaqueta. Hace sol, pero hará frío en alta
mar.

–No espero que me cuides como si fuera un bebé,
Sebastiano.

–No lo estoy haciendo. Estoy siguiendo tu consejo y
demostrándole a mis abuelos que me he reformado. Creía
que me felicitarías en vez de echarme una reprimenda.

Poppy lo habría hecho si no se sintiera tan fuera de
lugar. Después de que él la besara la noche anterior,
algo había cambiado. No lo quería admitir, pero desde
entonces no podía pensar en otra cosa y no sabía cómo
detenerlo.

–¿Por qué no vamos simplemente a divertirnos?
–sugirió él–. Al menos, será una buen distracción de las
realidades de la vida.

Poppy no tuvo tiempo de considerar aquel esotérico
comentario hasta más tarde. Fue mientras observaba a
Sebastiano que, con las piernas separadas, se había
puesto al timón del barco para dirigirlo a través de las
olas. Poppy se arrebujó la chaqueta y levantó el rostro
hacia el sol. Tenía que admitir que la experiencia de
navegar sobre las olas en un yate estaba siendo fantástica, Casi tanto como lo era contemplar al hombre que
dirigía el timón.

Sebastiano había sustituido al capitán después de
almorzar. Se notaba que le encantaba estar en el agua.
Poppy no lo había visto tan relajado desde que llegaron
y, una vez más, se preguntó qué significaba aquel críp-
tico comentario sobre la distracción de las realidades de
la vida.

Por lo que ella veía, Sebastiano no se podía quejar de su vida. Había nacido en una familia acomodada, que lo adoraba y había ganado suficiente dinero como para que le durara varias vidas. No se podía imaginar que le faltara nada, aparte del apoyo de su abuelo para convertirse en director ejecutivo de la empresa familiar, aunque se veía que el nombramiento era inminente. Especialmente si ella representaba bien su papel.

—Poppy, ¿le puedes llevar esto a Bastian?

Ella miró a sus espaldas y vio que Evelina tenía dos humeantes tazas de café en las manos.

—Por supuesto.

Poppy se levantó y se dirigió con el café hasta el lugar en el que estaba el timón. Justo antes de que llegara junto a él, vio que los ojos le brillaban de anticipación.

—¿Piensas dármelo o arrojármelo encima?

—Eso depende de si piensas seguir recordándome lo mismo cada vez que te traiga un café.

—Dado que hace demasiado frío como para quedarme sin camisa, no volveré a mencionarlo —prometió, con una ligera sonrisa en los labios—. ¿Te está gustando tu primera experiencia náutica?

—Fantástica, gracias. Me has dado tantas primeras veces que casi ya no las puedo contar.

Primera vez en un avión, primera vez en Italia, primer beso apasionado... Poppy se sonrojó ante la dirección que tomaban sus pensamientos y temió que él pudiera adivinar lo que estaba pensando.

—¿Cómo fue la reunión con tu abuelo? —le preguntó mientras le daba un sorbo a su café.

—Así, así. El viejo aún tiene dudas.

—¿Por qué? ¿Acaso piensas que no se cree que seamos pareja?

—No. No se trata de eso. Creo que no quiere ceder el

control de CE. Es tan terco como una mula y quiere que todo vaya a su manera.

Poppy no pudo evitar una sonrisa, que por supuesto no pasó desapercibida para Sebastiano.

—Yo no quiero que todo vaya a mi manera —negó inmediatamente. Poppy se echó a reír.

—Si te ayuda, sueles tener razón o, al menos, eso es lo que piensa todo el mundo en el trabajo.

Sebastiano levantó una ceja.

—Pues díselo a mi abuelo. Si se lo dices tú, tal vez te haga caso —suspiró lleno de frustración—. Su problema es que no confía en las innovaciones y cree que voy a continuar con la tendencia actual de trasladar la mano de obra a otros países.

—Me parece una preocupación legítima. Lo están haciendo muchas empresas y eso significa menos trabajo ahora y en el futuro. La mano de obra en todo el mundo va a sufrir por eso.

—Lo sé, no tengo intención de deshacerme de nuestros empleados como si no valieran nada. Hay otras medidas que se pueden tomar para recortar los costes y tengo la intención de implementarlas primero.

—Dale tiempo a tu abuelo. Estoy segura de que no resulta fácil para él pensar en jubilarse después de tantos años al menos, pero estoy segura de que harás lo más adecuado para todos.

—¿De verdad?

—No parezcas tan sorprendido. Para mí, lo has hecho bien hasta ahora. Eres una buena persona, aunque al principio no estaba segura.

—Pues nunca me lo habría imaginado.

Poppy se echó a reír.

—Es culpa mía. Esta primera mañana, no estabas muy accesible y luego me presionaste mucho. También creía que querías hacerte con el negocio de tu familia para incrementar tu riqueza. Sin embargo, he de reconocer que me equivoqué al juzgarte cuando en realidad no te conocía.

–No me conviertas en alguien que no soy, Poppy. No soy el héroe de nadie.

Poppy inclinó ligeramente la cabeza.

–¿Acaso temes que pueda enamorarme de ti? Te prometo que no lo haré –dijo con una sonrisa a pesar de que el pulso se le había acelerado–. Soy muy sensata y, además, tampoco estoy buscando el amor –añadió mirando el mar.

–¿Por qué no? –le preguntó Sebastiano mientras hacía maniobrar el yate hacia el muelle de la familia.

–Tengo que cuidar de Simon y, en estos momentos, él se encuentra en la difícil etapa de la adolescencia, cuando necesita a alguien que le apoye en su vida y que le muestre el camino. He visto lo que ocurre con los que crecen sin dirección y no quiero que eso le ocurra a él. Además, no tengo tiempo. Entre el trabajo, Simon y mis estudios, tengo el día totalmente ocupado.

–Un hombre podría ayudarte a aliviar tu carga.

–También podría añadir peso... He encontrado el modo de ocuparme de todo sola y me gusta... Vaya, las conversaciones contigo pasan al terreno personal muy rápidamente –susurró mientras se alejaba ligeramente de él–. ¿A qué hora regresamos mañana a Londres? Tengo que comunicárselo a Simon y a Maryann.

Cuando el yate atracó, dos hombres muy corpulentos se acercaron para enganchar las cuerdas que Sebastiano les arrojó.

–Les diré a mis abuelos que tendremos que marcharnos a media mañana, si te parece bien.

–Sí. Gracias.

Una pequeña burbuja explotó dentro de ella al ver que él aceptaba sin pena alguna que el fin de semana estaba llegando a su fin. Se dijo que no debía ser tonta. Solo las ingenuas se enamoraban de hombres como Sebastiano Castiglione y ella había dejado de ser ingenua hacía mucho tiempo.

Giuseppe subió a cubierta y ayudó a Nicolette y a Evelina a descender. Sebastiano le extendió la mano a Poppy, pero antes de dejar que descendiera como los demás, la volvió hacia él. Poppy se preguntó si él iría a besarla.

—Solo quería darte las gracias por darles un regalo a mis abuelos.

—No hay de qué. Era una cosa sin importancia y, además, es su aniversario.

—Ha significado mucho...

—Está bien... Bueno...

Poppy trató de soltar la mano, pero él se lo impidió.

—Una cosa más. Aún a riesgo de incomodarte, le he pedido a Giuletta que te prepare algo para esta noche. Antes de que te niegues y me digas que no necesitas nada, te diré que no me ha costado nada.

Poppy comprendió que él esperaba que se negara, pero comprendió que ya se había puesto el único vestido que podría ser apropiado la noche anterior. Rechazar otro ofrecimiento más por orgullo sería petulante.

—Gracias —murmuró, sonriendo ampliamente.

Sebastiano le guiñó un ojo.

—De nada, becaria.

Capítulo 9

POPPY se miró en el espejo. Llevaba puesto un vestido plateado de escote halter, muy vaporoso, y sandalias a juego. El atuendo le hacía sentirse como una estrella de cine. Lo había encontrado en el vestidor y, aunque no hubiera accedido ya a ponérselo, no había suficiente orgullo en el mundo como para evitarlo.

Respiró profundamente y se dirigió al salón.

—Que no te ha costado nada, ¿eh? —le recriminó.

Sebastiano se dio la vuelta y Poppy se olvidó de respirar. Jamás había visto a un hombre con un esmoquin en la vida real y dudaba que volviera a ver a un hombre al que le sentara tan bien.

Sebastiano le dedicó una de sus devastadoras sonrisas.

—Ha merecido la pena lo que ha costado. Estás arrebatadora.

—¡Oh! —exclamó ella frunciendo el ceño—. ¡Me has mentido!

—Sí —admitió él sin disculparse.

Se dirigió hacia ella. Poppy sintió que se ruborizaba. ¿No iría a...?

—Date la vuelta.

Poppy vio que tenía entre las manos el estuche de terciopelo azul que le había mostrado en el avión. Sorprendentemente, ella le obedeció y permitió que él colocara el maravilloso collar de diamantes y perlas alrededor del cuello.

«¿Qué se sentiría al acostarse con un hombre como él aunque solo fuera una noche?», pensó .

«Peligroso», le dijo su lado más sensato.

—Te guste o no, esta noche te lo vas a poner para mí. Si nuestra relación fuera normal, yo insistiría.

Poppy esperó a que él le ajustara el broche y sintió que un escalofrío le recorría la espalda. Si su relación fuera normal ella querría llevarlo puesto. Entonces, se dio la vuelta. Le resultaba imposible apartar los ojos de él. Verde sobre azul. Azul sobre verde.

De repente, le resultó difícil respirar y ella se vio atenazada por una feroz excitación sexual tan poderosa que era incapaz de moverse. No quería moverse, tan solo apoyarse en él, Quería encontrar su boca y permitir que él la besara como lo había hecho la noche anterior.

No tardó en darse cuenta de que la mirada de Sebastiano estaba teñida del mismo fuego que imaginaba que había en la suya propia. Ansiaba colocarle las manos alrededor del cuello, enterrar los dedos en el oscuro cabello y tirar de él para que la besara. El aire pareció hacerse muy pesado, como si él también estuviera pensando lo mismo.

—Sebastiano...

Justo cuando pensaba que él iba a iniciar el beso, Sebastiano dio un paso atrás.

—Deberíamos bajar antes de que mis abuelos envíen a buscarnos.

—Por supuesto...

No la deseaba. Así no. ¡Qué necia había sido!

A pesar de todo, se prendió una sonrisa en el rostro y enganchó el brazo con el de él. Juntos salieron de la suite y se dirigieron a la escalera. Allí, se detuvieron un instante. Poppy lo miró. La tensión parecía irradiar de él. Una oscura expresión endurecía sus rasgos.

El tintineo de las copas y el murmullo de las voces llegó hasta ellos al tiempo que un grupo de personas elegantemente vestidos entraban en el vestíbulo.

–¿Por qué nos hemos detenido? ¿Va todo bien? –le preguntó ella.

–¿Y por qué no iba a ir bien?

–No lo sé, pero tienes el ceño fruncido. Esto es muy importante, ¿verdad?

–Lo es.

–¿Es eso lo que te preocupa? ¿No te gustan las fiestas? Si es así, yo estaré encantada de alquilar una película en mi ordenador y comer palomitas de maíz.

–¿Y qué película elegirías?

–No lo sé... –respondió ella mientras buscaba entre sus favoritas–. Tal vez *Luna Nueva*.

–No la he oído nunca.

–No me sorprende. No la echan a menudo en la Facultad de Empresariales.

Sebastiano la observó durante un instante. Su mirada estaba teñida de curiosidad.

–¿Cuál es tu historia Poppy Connolly? –le preguntó de repente.

–¿Mi historia? –repitió ella riendo–. Probablemente soy la persona más aburrida del mundo.

–En realidad, a mí me pareces una de las más fascinantes. ¿De verdad que no lo sabes?

–Me estás avergonzando... –susurró ella. No lo podía decir en serio y mucho menos después del modo en el que él la había rechazado en la suite.

–Pues lo digo en serio.

Poppy soltó una carcajada.

–¿Acaso ahora lees el pensamiento?

–Tienes un rostro muy expresivo.

–Es mi peor rasgo y el tuyo que no expresas lo suficiente –suspiró ella.

–A pesar de todo, consigues leerme. ¿Cómo es eso?

–Supongo que soy muy observadora. Viene de los años pasados sin encajar en ningún sitio. ¿Acaso me voy a encontrar esta noche con una antigua novia que tratará de sacarme los ojos? ¿Es eso lo que te preocupa?

–No

–Pues es un alivio –comentó ella con otra resplandeciente sonrisa–, pero, para que lo sepas, cuando estoy nerviosa me pongo muy inquieta, así que me disculpo de antemano si te avergüenzo de alguna manera.

–Ya me había fijado, sí –replicó Sebastiano mirando hacia donde ella ya estaba pellizcándole la tela de la chaqueta.

–Oh, lo siento. Tal vez deberías pellizcarme a mí para que sepa que esto no es real.

–¿No se supone que se pellizca para todo lo contrario? ¿Para que se sepa que algo es real?

–No. Te aseguro que esto ya es demasiado real para mi gusto. Tengo que volver a mi realidad de antes. Tu familia me hace sentir como si encajara aquí.

–Y claro que encajas.

–Sí. Como una bailarina en una corrida de toros

–Créeme si te digo que tú puedes encajar en cualquier parte.

–Eso no es cierto –afirmó ella. Lo había intentado tantas veces y nunca había podido encajar en ninguna parte–. Y lo sabes.

–Sé que algunas personas pueden ser crueles, pero solo tú puedes permitirles que te reduzcan a quien eres.

–Y eso lo dice el hombre que nación con una cucharilla de plata en la boca.

–Pero esta noche eres tú la que lleva el vestido plateado, *bella*. Eres una mujer inteligente y hermosa, Poppy. Probablemente no lo has escuchado lo suficiente a lo largo de tu vida, pero te lo digo en serio. Mi departamento de Recursos Humanos no contrata a inútiles.

Poppy dejó escapar un suspiro. Mientras crecía, jamás había escuchado aquellas palabras. Sin embargo, Sebastiano era capaz de hacerle creer que era las dos cosas y ello le convertía en un hombre muy peligroso, incluso más de lo que lo había sido antes frente al espejo. Al menos, en aquel momento había estado segura de que la reacción había sido solo física. Esto era mucho más profundo.

—Aún te queda un deseo, ¿sabes? ¿Has decidido ya qué es lo que quieres?

—¿Y me lo preguntas ahora?

—¿Por qué no?

—Porque... ¿Puedo elegir marcharme de aquí ahora mismo?

—Te dije que tenía que estar en mi poder, *bella*. Eso no lo puedo hacer sin alarmarlos a todos.

—En ese caso, no.

—¿Significa eso que estar aquí a mi lado es tan malo, Poppy?

—No. En realidad, no. Por eso necesito pellizcarme. No he visto nunca un lugar como esta casa y me parece que estoy viviendo mi propio cuento de hadas. Eso solo me hace sentir peor, porque acentúa las diferencias que hay entre nosotros.

—Ya te dije que te daría todo lo que quisieras.

—No lo comprendes, Sebastiano. Tú puedes chascar los dedos y conseguir todo lo que quieras. Eso no es la vida real para la mayoría de la gente.

—En realidad, aprendí hace mucho tiempo que no se puede chascar los dedos para conseguir todo lo que uno desea. Por eso trabajo tanto. Me aseguro que nunca se me volverá a quitar nada.

Consciente de que la conversación se había dirigido
por un camino que no habían recorrido antes, Poppy
deseó preguntarle qué era a lo que se estaba refiriendo,
pero también sabía que lo más probable era que él no
quisiera contestar.

–Sebastiano, *come sta! Tutto bene!* –le preguntó un
hombre desde abajo.

Sebastiano se volvió a mirar a Poppy.

–¿Estás lista?

Le ofreció una vez más su brazo y los dos comenza-
ron a descender por la escalera, conscientes de que los
invitados se iban volviendo para mirarlos. Un hombre
muy atractivo con aire de seguridad en sí mismo los recibió al pie de la escalera. Miró a Poppy de arriba abajo.

–*Chi e questa donna affascinante?*

–Es mía –contestó Sebastiano–. Poppy, te presento a
Sergio Stavarone, que pronto va a dejar de ser amigo de
esta familia. Ten cuidado. Está soltero y busca que le
pongan un ojo negro.

Sergio soltó una carcajada y tomó la mano de Poppy
para besársela cortésmente.

–Solo tienes que decir que no quieres a este feo cre-
tino, *bellisima,* y soy todo tuyo.

Poppy sonrió y notó que la conversación al menos
había conseguido relajar el estado de ánimo de Sebastiano. Antes de que se alejaran de la escalera, él le dedicó una mirada asesina a su amigo.

–Eres muy buen actor –murmuró mientras la condu-
cía a una parte de la mansión en la que ella no había
estado antes–. Casi creí lo que estabas diciendo. ¿Es
una sala de baile? –añadió cuando llegaron por fin a
una enorme sala, alineada de espejos y de ventanales
que daban al ya oscuro mar. Todos los invitados, muy
elegantes, charlaban entre ellos mientras los camareros
les ofrecían bebidas y canapés con bandejas de plata.

–Sí, es un salón de baile. Y te aseguro que no estaba actuando. No me gustó el modo en el que te miró.

–Eres muy posesivo para ser un novio falso...

–Soy muy posesivo. Punto.

Poppy sintió que el corazón le daba un vuelco en el pecho. Se alegró de que un grupo de invitados fueran a saludarlos. Por alguna razón, no lograba levantar sus defensas aquella noche y le costaba más que de costumbre resistirse al magnetismo animal de Sebastiano.

Sabiendo que aquello no podría reportarle nada bueno, decidió centrarse en la fiesta y no en el hombre que estaba a su lado. Fue buena idea porque descubrió que le gustaba charlar y relacionarse con la gente, aunque algunas mujeres la miraban mal. A pesar de todo, no tardó en darse cuenta de un detalle.

–¿Por qué todo el mundo te trata como si hiciera mucho tiempo que no te ven? –le preguntó cuando se alejaban de un grupo para ir a saludar a otro.

–Porque hace mucho tiempo que no me ven.

–Ah, claro. Eso lo explica todo –replicó ella–. Venga, en serio. Además, he notado que todos se dirigen a ti con mucho cuidado, como si temieran decir algo que te moleste. Cuando uno de esos hombres mencionó a tus padres, pensé que su esposa iba a pegarle una buena patada.

–Todos me temen porque soy como el lobo feroz. O como un buitre, tal y como te había parecido a ti.

–Bueno, ya no lo creo. He visto tu lado más sensible y ya no me engañas con tu dura apariencia exterior.

–No solo eres terrible para mi ego, *bella,* sino para mi reputación también.

–Te estoy hablando en serio. ¿Es que me he perdido algo?

Sebastiano tomó una copa de champán y se la llevó a los labios.

–Mi boca sobre la tuya.

Poppy parpadeó. Pensó que había oído mal.

–¿Qué es lo que acabas de decir?

–Que quiero volver a besarte, *bella mia*. ¿Por qué te escandalizas tanto después del increíble beso que compartimos ayer?

–Porque lo estoy –dijo ella–. Ese beso fue parte del espectáculo y...

–Y aquel domingo en mi despacho, ¿era también parte del espectáculo el modo en el que me devorabas con los ojos?

–Eso no es verdad... –mintió ella. Se había sonrojado al recordarlo.

–Estuve a punto de besarte entonces, ¿sabes? Cuando me estabas haciendo el nudo de la corbata.

–Sebastiano...

–La única razón por la que te pedí que me fueras a buscar una camisa fue para alejarte de mí.

–Bueno, siento mucho si me...

–Porque estaba muy excitado...

Poppy se quedó sin respiración. Aquellas palabras estaban despojándola de su lado más sensato.

–Pareces sorprendida...

–Lo estoy. Sales con supermodelos y hermosas actrices.

–Y ahora salgo con mujeres que se ponen relojes de Mickey Mouse. Me apuesto algo a que nadie de la oficina apostó dinero en eso.

–No, pero sabía que esta noche me lo deberá quitar. Nunca antes ha estado tan fuera de lugar, pero se me olvidó...

–No pasa nada. No te lo quites. Te da un aspecto encantador. Diferente y original. Seguramente mañana lo habrás puesto de moda.

–De verdad no creo que...

–¡Poppy! ¡Sebastiano! *Eccovi*. Os he estado bus-cando por todas partes.

Al escuchar la voz de Giuseppe, Poppy se dio la vuelta. Tenía las mejillas ardiendo. Después de escu-char cómo Sebastiano le confesaba lo mucho que la deseaba, le resultaba muy difícil concentrarse en la fiesta.

–¿Lo estáis pasando bien? –les preguntó el anciano. Resultaba evidente que no se había dado cuenta de la tensión sexual que vibraba entre ellos.

–Muy bien, *nonno* –respondió Sebastiano en nom-bre de los dos.

Poppy se alegró de que lo hiciera porque ella no podría haber hilado ni dos palabras juntas, aunque lo hubiera intentado.

Asombrado por la fuerza del deseo que tenía de es-trechar a Poppy entre sus brazos, Sebastiano la soltó y se metió las manos en los bolsillos. Había tratado de distraerla de las preguntas sobre su pasado, diciéndole el efecto que ejercía sobre él, pero eso solo había ser-vido para excitarle. De mal en peor.

Eso no era propio de él. No le costaba nunca mante-nerse bajo control. Su abuelo así lo esperaría y, sin em-bargo, allí estaba, deseando poseer a una mujer a la que ni siquiera debería desear. Una mujer que, a pesar de lo que decía, lo deseaba tanto como él. Desgraciadamente, se comportaría como todas las demás mujeres con las que se acostaba y terminaría queriendo más de él.

A pesar de todo, la deseaba de un modo que lo de-jaba atónito. Quería reclamarla y disfrutar de su suavi-dad. De su bondad.

Respiró profundamente. En pocos días, ella había pasado de no ser su tipo a convertirse en la única mujer en la que era capaz de pensar. Todas las mujeres con las que había estado palidecían en comparación con ella. Incluso la hermosa Daria Perone, una mujer con la que había estado deseando acostarse durante mucho tiempo, aunque sus caminos nunca se habían cruzado en el momento adecuado. Cuando se la presentó a Poppy, las comparaciones resultaron odiosas.

Poppy notó que algo pasaba por el modo en el que Daria la miraba.

–Pensaba que me habías dicho que no habría antiguas novias en esta fiesta –le había dicho Poppy cuando Daria se marchó a buscar una presa más fácil.

–Daria no es una ex –había contestado Sebastiano.

En aquel momento, a Sebastiano le habría gustado dar por terminada la velada para ellos y llevarse a Poppy a su cama para poder quitarse el vacío que anidaba en su corazón con el dulce cuerpo de ella debajo del suyo.

Sin embargo, su *nonno* tenía otras ideas.

–Esperad aquí –les dijo. Entonces, les hizo una seña a los músicos, que inmediatamente dejaron de tocar–. Tengo que anunciar algo que te hará muy feliz, *nipote mio*.

Sebastiano sintió que la sangre le golpeaba con fuerza en las venas cuando su abuelo tomó el micrófono. No se podía creer que su *nonno* fuera a anunciar que le cedía el control de CE allí mismo...

–Amigos, familia. Estamos aquí esta noche para celebrar *l'amore de la mia vita* –dijo señalando a Evelina, que se había colocado junto a él. Le dio un dulce beso y los dos se dieron la mano.

–¿Qué es lo que ha dicho? –susurró Poppy.

–El amor de su vida.

Notó que Poppy suspiraba a su lado y sintió que se le hacía un nudo en el estómago. Sí. Poppy ciertamente querría más de un hombre de lo que él podría darle.

Su abuelo siguió alabando a su esposa durante unos minutos más. Entonces, levantó la mano con expresión seria.

–Y, por supuesto, la mayoría de vosotros sabéis que, hace quince años, nuestra familia sufrió un duro golpe en esta misma noche, un golpe que nos ha costado superar. Es justo decir que los años transcurridos desde entonces no han sido fáciles, pero esta noche... –añadió mirando directamente a Sebastiano con los ojos llenos de lágrimas–, esta noche quiero crear recuerdos nuevos y felices para todos. Por eso, tengo el gran placer de anunciar que mi nieto, Sebastiano Castiglione, se hará cargo del puesto de director ejecutivo de Castiglione Europa con efecto inmediato.

Sebastiano oyó los aplausos y las palabras de felicitación de todos los presentes, pero le parecía escucharlo todo desde muy lejos. No había esperado que su abuelo hiciera oficial su nombramiento de aquella manera, delante de todo el mundo. Ni aquella noche, no cuando su padre debería haber sido el que se hiciera con el cargo antes que él.

Cuando los aplausos cesaron, pronunció unas breves palabras de agradecimiento y, a continuación, indicó a la orquesta que siguiera tocando.

Como necesitaba una copa, se dirigió directamente al bar mientras los invitados junto a los que pasaba le daban la enhorabuena muy efusivamente.

–Un whisky. Solo –le dijo al camarero.

El whisky desapareció en un abrir y cerrar de ojos. Sebastiano golpeó la barra con el vaso y pidió otro.

–Sebastiano –le dijo Poppy, que le había seguido sin que él se diera cuenta–. Sebastiano, ¿tus padres fallecieron tal día como hoy?

–Por favor, no me vengas ahora con música de violines, *bella*. Lo he superado.

–¿Y eso se lo cree alguien cuando lo dices? –le preguntó ella suavemente. La compasión emanaba de cada uno de sus poros.

–No te pases, Poppy. Otro –le pidió al camarero.

–Entonces, si lo has superado tanto, ¿por qué estás bebiendo whisky?

Sebastiano decidió que, aparte del whisky, necesitaba un poco de aire.

–Te ruego que me perdones. Hay alguien con quien tengo que hablar.

Sebastiano se apartó de ella. Se marchó del salón de baile y se dirigió al jardín. En realidad, no sabía adónde iba, pero le parecía que era mejor estar solo en aquellos momentos.

Capítulo 10

POPPY se despertó sobresaltada y se sentó en la cama. Nunca había dormido en un sofá tan incómodo como el que Sebastiano había utilizado para dormir la noche anterior, aunque en realidad ella no había tenido intención de quedarse dormida en él.

–¿Por qué no estás en la cama?

–Te estaba esperando.

Sebastiano entró y cerró la puerta. La lámpara que Poppy había dejado encendida era la única fuente de luz de la estancia. Él avanzó y dejó la chaqueta, que llevaba en la mano sobre una silla. Tenía la pajarita colgando sobre la pechera de la camisa. Se dirigió inmediatamente hacia el bar.

–¿Por qué?

–Quería asegurarme de que estabas bien –contestó ella–. Es lo que haría si los dos mantuviéramos una relación normal.

–Pero lo nuestro no es una relación normal...

Poppy se apartó el cabello del rostro con impaciencia.

–¿Por qué tú puedes utilizar esa carta cuando te conviene y yo no?

–Porque yo pongo las reglas, becaria, no tú. Deberías irte a la cama.

–Y tú deberías dejar de beber –replicó ella, molesta porque la hubiera llamado «becaria».

–¿Y dónde estaría la diversión si lo hiciera?

Poppy se puso de pie y se alisó la falda del vestido.

–¿Estás muy borracho?

–No lo suficiente como para querer escucharte la charla de novia buena.

–¿Y la de la mala?

–Bueno, esa sí tendría potencial...

–¿No se suponía que el anuncio de tu abuelo debería haberte puesto muy contento?

Sebastiano sonrió.

–¿Sabes una cosa? Eso es lo más extraño de todo... –dijo mientras se tomaba otra copa de whisky. Adivina por qué...

Ella se acercó a su lado y se colocó delante de él.

–Me enfadé mucho contigo por haberte marchado y haberme dejado allí, pero ahora... Si hubiera sabido lo de tus padres, podría...

–¿Qué? –le espetó él mirándola con crueldad–. ¿Podrías haberme puesto el pijama de franela y haberme hecho un té? ¿No es eso lo que hacéis los ingleses cuando sentís pena por alguien?

–Tal vez si hablaras sobre tus sentimientos, te sentirías mejor, en vez de fingir que no los tienes –replicó ella.

–¿Sabes una cosa? Anoche, no podía dejar de pensar qué era lo que te ponías para irte a la cama y no me podía decidir entre la seda y el algodón –comentó él después de dar un buen trago de whisky.

–No hagas eso... No finjas que quieres distraerme... Ese truco te podría haber funcionado en una ocasión, pero solo un tonto caería en él dos veces.

–Y tú no eres ninguna tonta, ¿verdad, Poppy?

–Sebastiano...

–En realidad, eres muy mona cuando te enfadas. Me excita mucho. De hecho, todo sobre ti me excita, en especial ese vestido... Estás muy guapa...

Aunque sabía que Sebastiano solo estaba jugando con ella, Poppy sintió el cálido aliento del deseo sobre la piel. No obstante, había comprendido muy bien que la superficialidad con la que se comportaba Sebastiano era su manera de mantener el mundo a raya, igual que ella hacía con el sarcasmo. En eso, eran los dos iguales.

Desconcertada por aquel detalle, levantó la mirada y vio que él la estaba observando de una manera que le cortó la respiración. La tensión de su cuerpo era casi palpable. Se echó a temblar y trató de controlar como pudo el deseo que se estaba despertando dentro de ella. Entonces, echó mano de su lado más sensato para tratar de controlar la situación y no estar a merced de la libido de ambos.

—Entonces, ¿esto es lo que sueles hacer en el aniversario de las muertes de tus padres? ¿Emborracharte?

Sebastiano levantó el vaso vacío con orgullo y volvió a llenarlo.

—¿No te parece que sería mejor que pasaras una noche como esta con otras personas, con personas que te aprecien como tu familia o incluso una novia?

—Invitar a una mujer a mi casa para otra cosa que no fuera el sexo le transmitiría el mensaje equivocado. No quiero que nadie se haga ilusiones con lo que yo pueda darle.

—Bueno, no me gusta señalar lo evidente, Sebastiano, pero básicamente eso es lo que has hecho conmigo. —Sí, pero no de por vida. Solo eran tres deseos.

Aquello fue tanto una afirmación como una advertencia, una advertencia que haría bien en seguir. Ella era simplemente una invitada en su vida, no una residente. Normalmente, haría un comentario jocoso para aliviar el ambiente, pero no se le ocurrió ninguno. Sabía que Sebastiano estaba sufriendo y lo único que quería hacer era aliviar su dolor.

–Sé lo que se siente al perder a un progenitor, Sebastiano... Sé que duele y que te hace sentir solo y perdido...

Sebastiano se sirvió otro whisky y se apoyó contra el mueble bar para poder observar el rostro de Poppy. Era tan hermosa y tan sugerente... Decidió que lo mejor que podía hacer por ambos era conseguir que ella se marchara a la cama y sabía exactamente cómo hacerlo.

–Sin embargo, ¿sabes lo que es causar sus muertes? –le espetó.

Las miradas de ambos se cruzaron y se produjo una inmensa tristeza en sus ojos.

–A veces, sí que me pregunté si mi madre habría elegido las drogas porque yo no me portaba lo suficientemente bien –admitió ella–, pero no. Sospecho que no, al menos en el modo del que tú estás hablando. ¿Qué ocurrió?

Sorprendido por aquella pregunta, Sebastiano se puso a responder sin pensar.

–Yo era un pequeño canalla egoísta que quería pasar el tiempo con su novia en vez de ir de vacaciones con la familia. Eso es lo que ocurrió. En su momento, no me di cuenta de que mis nuevos amigos estaban más interesados en mi dinero y en mis contactos sociales. Cuando nos pillaron comprando drogas, mis padres tuvieron que ir en coche a Roma para recogerme. Estaban muy disgustados y desilusionados, pero yo me sentía demasiado contrariado y desilusionado como para disculparme. Entonces, mi padre perdió el control del coche porque había hielo en la carretera... yo salí ileso por mi propio pie. Ellos no salieron.

–No saliste ileso –susurró ella acercándose a él–. Tienes el dolor aquí dentro –añadió colocándole la mano en el pecho–. ¿Verdad?

Sebastiano lanzó una maldición y dio un paso atrás, para chocarse de nuevo con el mueble bar.

–No quiero tu pena, Poppy.

Ella avanzó hacia él.

–No te la estaba ofreciendo...

Sebastiano le miró los labios antes de volver a acercarse a ella. Su manera de respirar, indicaba que estaba tan excitada como él. ¿Cómo era aquello posible después de lo que le había contado? Ansiaba tocarla. Su cuerpo y su mente no dejaban de enfrentarse sobre lo que debía hacer. Sacudió la cabeza para ver si conseguía centrarse de nuevo.

–Deberías irte a la cama –le aconsejó.

Cuanto antes se marchara Poppy de su lado, más a salvo estaría de la oscuridad que amenazaba con apoderarse de él.

–Lo haré si dejas de beber.

Si dejaba de beber, Sebastiano haría mucho más que preguntarse si ella llevaría puesto el tanga que le había comprado para el vestido.

Se dio la vuelta y se sirvió otro whisky. Luego se giró de nuevo hacia ella para apoyarse sobre el mueble bar y levantar la copa con gesto burlón. Sin embargo, antes de que le rozara los labios, Poppy extendió la mano y trató de quitársela.

La adrenalina, provocada por la tensión sexual, volvió la voz de Sebastiano más ronca.

–Tienes que irte a la cama, Poppy.

Cuando Sebastiano no soltó el vaso, ella levantó la otra mano y, lentamente, fue despegándole los dedos uno a uno.

–¿O qué? –le espetó ella con una sensual cadencia.

Con un rápido movimiento, Sebastiano se puso de pie, la giró y la colocó de espaldas contra el mueble bar.

–O te poseeré aquí mismo...

Ella contuvo el aliento sin dejar de mirarle los labios.

–Tal vez tu abuelo tenga razón, Sebastiano. Tal vez ya va siendo hora de crear nuevos recuerdos para esta noche. Recuerdos que conjuren placer en vez de dolor.

–Si quieres placer, *bella mía,* yo te lo puedo dar...

La estrechó contra su cuerpo. El impacto supuso para él como un vaso de agua fresca después de una larga travesía por el desierto. La presión de los senos de Poppy contra su torso le bloqueó por completo el pensamiento racional y lo reemplazó con un ardiente deseo que lo empujaba más allá de los límites.

Poppy lo miraba fijamente. Las manos le temblaban mientras comenzaba a quitarle la pajarita del cuello.

–A veces me miras como si supieras cómo darme más placer de lo que yo haya experimentado nunca en toda mi vida. Lo deseo. Lo necesito.

Un gruñido resonó en el pecho de Sebastiano al escuchar aquellas palabras. Empezó a quitarle las horquillas del recogido y, cuando tuvo el cabello suelto, se lo agarró con fuerza para besarla. Lo hizo del modo que llevaba deseando toda la noche. Larga y profundamente.

–*Dio*, te deseo tanto...

Ella gimió de placer y le rodeó el cuello con las manos. Levantó las caderas hacia él como si estuviera buscando lo que solo él podía darle. Sebastiano dobló un poco las rodillas y apretó su erección contra ella. Vio recompensados sus esfuerzos cuando ella abrió un poco más los labios y enredó la lengua con la de él.

Empujado por un deseo que no era capaz de resistir, Sebastiano comenzó a besarle dulcemente el cuello. Los dos eran adultos y libres y se deseaban. Sebastiano estaba harto de pelearse contra algo que había empezado en el mismo instante en el que la vio.

–Poppy... –susurró él–. Necesito poseerte...

–Sí, sí...

La urgencia de Poppy acicateaba la de él. Rápidamente, soltó el corchete que sujetaba en su lugar el cuerpo del vestido y dejó que las dos partes se separaran de manera que tan solo el maravilloso collar de perlas y diamantes se interponía entre ellos. Los senos de Poppy se erguían buscando sus caricias, y él no tardó en complacerlos. Los cubrió con las manos y comenzó a acariciar las puntas con los pulgares antes de comenzar a besarle uno de los orgullosos pezones y lamérselo con rápidos movimientos de la lengua.

Ella gritó de placer y Sebastiano presionó aún más, empujándola contra la pared para inmovilizarla. Entonces, la cordura pareció apoderarse de él y decirle que no podía poseerla allí mismo contra la pared. Sin dejar de besarla, la tomó en brazos y la llevó al dormitorio. La tumbó sobre la cama y, al mismo tiempo, el vestido se abrió, cayendo a ambos lados como si fuera una catarata.

Sebastiano respiró profundamente y se abrió la camisa, sin importarle que hubiera arrancado los botones y que todos hubieran caído al suelo. Se la quitó y echó mano a la cintura del pantalón mientras la observaba. Su potente erección se presionaba contra la bragueta. Se despojó rápidamente de él y la miró atentamente... Estaba tan hermosa. El cabello le caía a ambos lados del rostro y los pechos desnudos, rosados y redondos, los esbeltos brazos, que ella había levantado a modo de ofrecimiento por encima de la cabeza.

Sin embargo, aún tenía las piernas muy juntas, casi apretadas. Él le deslizó una mano por el muslo, acariciándole suavemente la piel.

–Vas a tener que abrirlas, *dolce mia*.

Sebastiano se tumbó junto a ella. Poppy le abrazó y comenzó a arañarle los hombros con las uñas. Sus movimientos eran torpes. Sus suaves súplicas sonaban más bien como si nunca hubiera sentido las caricias de un hombre de aquella manera. Convencido de que eso era imposible, Sebastiano sacó un preservativo y se colocó encima de ella, separándole las piernas con una rodilla.

–¿Te gusta? –le preguntó mientras le mordisqueaba suavemente la cadera–. ¿Cuando te aprieto aquí? ¿Cuando te chupo aquí? –añadió mientras concentraba sus esfuerzos en los senos.

–Sí, por favor...

Poppy no dejaba de tocarle y de acariciarle. Él se sentía como si estuviera a punto de poseer algo raro y único. Le dio un beso en el ombligo y siguió bajando, mientras le quitaba el vestido, para dejar al descubierto por fin el pequeño tanga blanco. Deslizó el dedo por el encaje sin dejar de mirarla. Ella se mordía el labio para no gritar de placer.

Sin dejar de besarla, los dedos la encontraron húmeda y lista para él. Poppy gritó de placer y se abrió para recibir mejor sus caricias.

–Sí... Sé muy bien lo que quieres....

Sebastiano le separó de nuevo las piernas y le arrancó el tanga para colocarse encima de ella. Se acomodó sobre ella y tomó entre los labios un rosado pezón mientras se apretaba contra los húmedos pliegues de su feminidad, sintiendo cómo el cuerpo de ella se estiraba para acomodarse al suyo.

Poppy se ondulaba contra él, como si la presión fuera demasiada. Sebastiano dejó de ir despacio para hundirse profundamente en ella. Al sentir que ella se tensaba con el poder de su envite, se detuvo en seco.

–Poppy, *amore mio*. ¿Te encuentras bien? ¿Te he hecho daño?

Ella lo miró con una mezcla de sorpresa y cautela.

–Estoy bien. No duele... ahora.

Sebastiano lanzó una maldición.

–Poppy... no me dirás que eras virgen...

Ella musitó algo parecido a un sí mientras le hundía los dedos en la parte inferior de la espalda y separaba aún las piernas para acogerlo más profundamente.

–Espera... Deja que tu cuerpo se acostumbre al mío...

–Sí, ya me vuelve a gustar...

Sebastiano lanzó un gruñido. La parte más fría de su cerebro le gritaba que era una trampa, pero la más primitiva e instintiva lo animaba a seguir de una manera que le fue imposible ignorar.

–Relájate, Poppy –le dijo él mientras ella trataba de animarlo a seguir–. Deja que te enseñe...

Poppy gimió suavemente mientras él la penetraba mucho más despacio. Se había aferrado a él con fuerza y le había colocado las piernas por encima de la cintura.

Sebastiano susurró su nombre sin dejar de acariciarla, de mirarla, de observar lo que le gustaba. Si el sexo había sido alguna vez tan bueno, no lo recordaba.

–Ya eres mía, *bella*. Mía...

La miró a los ojos para forjar un vínculo aún más profundo con ella y comenzó a moverse. La parte más primitiva de su ser no dejaba de recordarle que era la primera vez para Poppy.

–Sebastiano –susurró ella. Enganchó los tobillos alrededor de las estrechas caderas. Sentía que su cuerpo ansiaba algo que ningún hombre le había dado antes.

–Eso es, Poppy. Entrégate a mí. Déjame darte placer... Te tengo, *dolce mia*... Te tengo...

–No puedo... no creo...

Comenzó a jadear y, de repente, él lo sintió. El cuerpo de Poppy se tensó durante un instante antes de experimentar un potente orgasmo. Sebastiano siguió moviéndose dentro de ella, abrazándola, acariciándola, gozando con la expresión de placer de aquellos ojos azules.

Los movimientos de su cuerpo pusieron a prueba el autocontrol de Sebastiano. La poseyó empujado por los demonios de su pasado. De repente, solo estaban ella y él. Justo antes de que él alcanzara un poderoso clímax, Poppy le entrelazó los brazos y lo sujetó con fuerza por el torso, enviándolo a un lugar en el que jamás había estado antes.

–Dios mío... –murmuró ella atónita mientras se soltaba para rodearle el cuello con los brazos.

Sebastiano se apartó de ella. El corazón le latía con fuerza en el pecho. Ella gimió al sentir que se separaba para quitarse el preservativo, pero lo abrazó con fuerza de nuevo.

–Tu primera vez –dijo él tratando de ordenar los sentimientos que se apoderaban de él. Incredulidad. Orgullo, cautela. Satisfacción...

Su mente no parecía decidirse sobre cómo se suponía que debía sentirse.

–Deberías habérmelo dicho.

–Bueno... –susurró ella acurrucándose contra su cuerpo–. No se me ocurrió.

–¿Que no se te ocurrió?

Aquello le resultó increíble. ¿Cómo era posible que una mujer que iba a tener relaciones sexuales por primera vez no pensara en algo tan importante?

–Bueno, lo pensé, pero luego... Se me olvidó hasta que tú me penetraste...

Solo escuchar esas palabras lo excitaba de nuevo. No solía acostarse con vírgenes, de hecho, nunca había estado con ninguna. El hecho de que Poppy lo hubiera elegido para ser el primero...

–¿Por qué yo?

Contuvo el aliento mientras esperaba una respuesta.

Lo único que escuchó fue el suave sonido de la respiración. Entonces, miró y vio que ella se había quedado dormida.

Normalmente eso era lo que le pasaba a él. Su cuerpo se saciaba y se relajaba. Sin embargo, en aquellos momentos, no estaba saciado en absoluto, sino dispuesto de nuevo a entrar en acción. Podría tumbarla de espaldas y deslizarse de nuevo dentro de su cuerpo...

Unos sentimientos que no podía ni quería identificar se apoderaron de él. La noche había ido bastante bien hasta que su abuelo realizó el discurso y le recordó el daño que había hecho en su juventud. Los remordimientos volvieron a apoderarse de él. Hundió el rostro en el cabello de Poppy y aspiró su aroma. Ella suspiró e, inmediatamente, Sebastiano se sintió mucho más tranquilo, como si ella fuera el puerto que su gélido corazón buscaba como un barco atrapado en la tormenta.

Sacudió la cabeza ante aquellos pensamientos tan poco propios de sí mismo. Sabía que solo había una cosa cierta en todo aquello. El sexo había sido muy eficaz a la hora de mantener enjaulados a sus demonios.

Capítulo 11

UNA PERSONA debería sentirse muy bien después de alcanzar un hito importante en la vida. Sebastiano se sentía fatal. El único hito en el que su cerebro se podía centrar era en el que había alcanzado en su cama la noche anterior y ese ni siquiera le pertenecía.

Se dijo que, si a Poppy no le preocupaba haber perdido su virginidad, a él debería. Sin embargo, la lógica no le funcionaba muy bien aquella mañana.

Poppy aún no se había levantado de la cama. No le sorprendía. La había despertado dos veces durante la noche para poseerla y se había obligado a marcharse de la cama antes de volver a hacerlo aquella mañana. El pensamiento de que la deseaba demasiado y saber que ella debía de estar dolorida lo empujó de la cama al sofá.

Recordar sus gritos de placer bastaba para provocarle una nueva erección. Sería inútil negar que quería más de una noche con ella, pero había levantado las defensas y había llegado a la conclusión de que poner cierta distancia emocional entre ellos era lo mejor que podía hacer.

No había querido complicar aquel asunto con el sexo, pero no había podido resistirse cuando ella le dijo que quería experimentar el verdadero placer.

Poppy nunca dejaba de sorprenderlo, pero no quería que ella sacara conclusiones equivocadas sobre lo ocurrido la noche anterior, algo que ocurriría irremediablemente dado que era virgen. Se andaría con cuidado y se iría apartando de ella poco a poco.

Escuchó un ruido detrás de él y se dio la vuelta como si estuviera a punto de enfrentarse a un pelotón de fusilamiento.

–Hola...

La dulce y tímida sonrisa narraba mil historias que él estaba seguro de no querer escuchar. Poppy quería más, mucho más de lo que él podía darle. Le miró el delicado camisón de algodón y sintió que se le paraba el corazón. Recién levantada estaba tan hermosa...

–Estás despierta.

–Más o menos. No me gusta madrugar.

–Me alegro, porque ya estamos más o menos a media mañana.

–¿De verdad? Mi reloj interno no ha funcionado –dijo mientras miraba a su alrededor, seguramente buscando confirmación en un reloj o teléfono. ¿Está caliente el café?

–Sí –respondió él. Le sirvió inmediatamente una taza.

–Gracias.

–De nada.

Se estaban comportando como desconocidos. A él le resultaba imposible comprenderla. Normalmente, una mujer se abrazaba desesperadamente a él en aquella situación y le decía lo maravilloso que era.

–Bueno, ¿qué pasa ahora? –le preguntó ella por fin, rompiendo el silencio.

–Normalmente, me llevo a la mujer con la que estoy de vuelta a la cama y repito lo de la noche anterior varias veces –mintió. Normalmente, se moría de ganas por marcharse a trabajar. Aquella mañana no. Se hubiera metido de nuevo felizmente con ella en la cama para repetir lo que habían compartido una y otra vez.

–Vaya... no es de extrañar que esa mujer estuviera llorando por teléfono...

–¿Por qué nunca dices o haces lo que espero?

Poppy contuvo la respiración un instante. No había que ser un genio para saber lo que Sebastiano estaba pensando. Se arrepentía de haberse acostado con ella y de haberle hablado de sus padres. Dado que el día anterior era el aniversario de unas muertes de las que él se sentía culpable, Poppy estaba convencida de que lo ocurrido entre ellos podría haber pasado con cualquier mujer. Ella simplemente había estado en el lugar adecuado en el momento adecuado.

Se negaba a considerar que lo ocurrido era malo. Imposible, después de lo que él le había hecho sentir. Era el sueño de toda mujer, no por su dinero sino por su fuerza, su determinación e incluso su arrogancia. Era la clase de hombre en el que una mujer podía confiar, siempre y cuando él estuviera dispuesto a enamorarse.

Se le formó un nudo en la garganta. Sebastiano la había hecho sentirse la mujer más hermosa del mundo y aquello era algo de lo que no se podía lamentar. Sin embargo, había llegado el momento de volver a la realidad. Además, resultaba evidente que la rutina cortés de Sebastiano era su manera de tratar de evitar una escena desagradable entre ellos. Poppy no tenía intención de exigir nada ni de culparle. Ella se había acostado con él porque había querido. Decidió demostrarle que no iba a ser una de las mujeres que le suplicaban que las amara.

–Bueno, creo que no me equivoco al decir que lo de anoche fue un error –dijo, aunque sentía una fuerte presión en el pecho.

–En eso tienes razón.

–Está bien...

Poppy no había esperado que él afirmara lo que pensaba de un modo tan vehemente, pero...

–Lo que quería decir era que no me acuesto con vírgenes –añadió él mesándose el cabello.

–Bueno... no sé cómo responder a eso. ¿Quieres que me disculpe? –comentó con una risotada.

–No. No quiero que te disculpes, pero me gustaría que me dijeras por qué no me lo dijiste.

–¿No hablamos ya de eso anoche?

–No me satisfizo la respuesta.

–Bueno, no creo que haya que exagerar tanto. La virginidad era mía. Si te preocupa que espere algo más, puedes estar tranquilo.

–Podría haberte hecho daño. ¿Te duele?

–Sí, estoy bien, Sebastiano, pero resulta evidente que tú no. Creo que es porque temes que me vaya a enamorar de ti y que te vaya a empezar a pedir anillos y acuerdos prenupciales. Te prometo que no lo haré...

Por suerte, su teléfono móvil señaló que había llegado un mensaje. Era Maryann, para decirle que Simon y ella estaban dándose un festín de tortitas y helado. Se dio cuenta de lo mucho que anhelaba ver a su hermano.

–¿A qué hora le digo a Maryann que regresaremos? Me dijiste ayer que por la mañana, pero resulta evidente que ya no va a ser posible.

–Tenemos un problema al respecto –contestó Sebastiano. Parece que mi abuelo organizó una reunión en Venecia a finales de la semana, pero lo ha cambiado a esta noche. Dado que soy el nuevo director ejecutivo y el tipo en cuestión es amigo mío, tengo que ir a esa reunión. Tú tiene que venir conmigo.

–¿Yo? Ni hablar. Yo me vuelvo a Londres.

–Te vas a venir a Venecia. Solo será esta noche.

–Pero es domingo... Solo tú trabajas en domingo –protestó ella. Sebastiano le recordó que ella también estaba en el trabajo el domingo anterior con una simple mirada–. Yo solo estaba trabajando ese día porque tenía que terminar una cosa. Normalmente, estoy en casa estudiando o durmiendo.

—Bueno, pues esta noche vas a cenar en el Harry's Bar. Es el único momento que Lukas tiene libre y yo necesito capitalizar las negociaciones que mi abuelo empezó con su empresa hace seis meses.

—Yo podría regresar a Londres en un vuelo comercial. No me importa.

—A mí sí. Además, mis abuelos no se llevarían buena impresión si tú no me acompañaras. Además, Lukas va a ir a acompañado de su esposa.

—Estoy ocupada y tengo mi propia vida... —protestó ella.

—Si tu reticencia sobre venir a Venecia tiene que ver con que piensas que te voy a pedir una repetición de la noche anterior, estás muy equivocada. Ya he pedido una suite con dos dormitorios para esta noche.

Poppy suspiró. Tristemente, después de la actitud con la que él se refería a ella, jamás hubiera pensado que Sebastiano quisiera repetir experiencia con ella.

—¿Te dice alguien alguna vez que no?

—Solo tú.

Sin embargo, ella no le decía no todo el tiempo. Se temía que, si Sebastiano la volvía a tocar, ella tampoco podría negarse.

—Entonces, ¿quién es ese tipo?

—Se llama Lukas Kuznetskov —respondió Sebastiano mientras la ayudaba a salir de la lancha y subir al muelle que había frente al palaciego Hotel Cipriani, en cuyo restaurante iban a reunirse con el amigo de Sebastiano.

Habían llegado a Venecia hacía un par de horas y la belleza única de la ciudad había cautivado a Poppy desde el principio. Sonrió al botones que salió a recibirlos junto a la entrada principal.

–Y su esposa se llama Eleanore, ¿no? Y se dedican a los barcos, ¿verdad?

–Empezaron con los barcos y se expandieron a los hoteles. Eleanore tiene su propia consultoría –le explicó él mientras entraban en el impresionante restaurante–, pero relájate. Nadie te va a examinar.

–Madre mía... este sitio es espectacular... Me alegro de haber dejado atrás mi orgullo y haber tomado prestado uno de tus vestidos. Las mujeres que hay aquí podrían provocarle a una mujer complejos que le duraran toda la vida.

–Tú estás muy nerviosa. Como siempre.

–Gracias –susurró ella–. Tú también.

Poppy deseó poder controlar su acelerado corazón. Sería terrible que él comprendiera que, lejos de pensar que lo ocurrido la noche anterior había sido un error, ella se había pasado el día pensando en su impresionante cuerpo. De repente, él le agarró un mechón y se lo colocó detrás de la oreja. Por el modo en el que él la miraba, Poppy habría jurado que él tampoco pensaba que lo de la noche anterior hubiera sido un error.

–Castiglione...

–Hola, Lukas. Eleanore... –dijo él volviéndose para saludar a la pareja como si aquel momento nunca hubiera ocurrido–. Os presento a Poppy Connolly. Lukas y Eleanore Kuznetskov.

–Harrington –le corrigió Eleanore con una sonrisa.

–¿De verdad?

–No me preguntes –replicó Lukas cuando Sebastiano, muy sorprendido, le miró para pedirle una explicación.

Eleanore se echó a reír y Poppy se sintió invadida por la felicidad al ver a la glamurosa pareja. Parecían

relajados y felices, como si llevaran juntos una eterni-
dad. Aquello debía de ser el amor verdadero.

–Poppy, me alegro mucho de conocerte –le dijo
Eleanore–. ¿Es tu primera visita a Venecia?

–Sí. Me encanta. Me parece un lugar mágico.

–También es la primera vez que Eleanore viene –comentó Lukas–. Y ella utilizó la misma palabra. Hola,
Poppy. Yo soy el que se ocupa del equipaje.

Poppy se echó a reír.

–Bueno, eres más que eso –le aseguró Eleanore muy
divertida–. También organizas unas increíbles excursio-
nes en trineo.

–¿Ves lo que te hace la vida de casado, Castiglione?

Eleanore le dio un codazo en las costillas.

–¡Deja de quejarte! Estás encantado.

Lukas la miró con los ojos relucientes, como si,
efectivamente, quisiera demostrarle lo mucho que le
encantaba. Durante la cena, Poppy los observaba completamente asombrada. Estaba segura de que Lukas
sería capaz de ir a la Luna por su esposa y bajarle una
estrella del cielo si ella se lo pedía. Aquello era el amor
verdadero. De repente, se le formó un nudo en la garganta y tuvo que contener las lágrimas. Si Sebastiano le
preguntara en aquel momento cuál era su tercer deseo,
sería que lo ocurrido la noche anterior durara para
siempre...

Comprendió que se estaba enamorando de él y sabía
que aquello solo podría suponerle un gran sufrimiento.
De repente, el pánico se apoderó de ella y se excusó
para ir al tocador de señoras. Se levantó de la mesa y se
marchó. Acababa de salir del comedor cuando oyó que
Sebastiano la llamaba.

–Poppy, ¿te encuentras bien?

–Claro.

–¿De verdad?

–Por supuesto –mintió.

–Poppy...

–Sebastiano, por favor...

Lo último que quería era que él supiera lo que sentía y tuviera pena de ella. Sebastiano le enmarcó el rostro con las manos y, de repente, sintió que el rostro de él cambiaba, que se suavizaba.

–Te deseo. Sé que tú dijiste que lo de anoche no fue nada más que un error, pero para mí no se pareció en nada a lo que yo hubiera podido experimentar antes. Cuando entras en una habitación, Poppy, mi cuerpo empieza a desearte. Eres como una droga. Te llevo muy dentro de mí.

Poppy lo miró con incredulidad. Casi no se podía creer lo que estaba escuchando.

–Yo también te deseo...

Una mujer los miró con curiosidad al pasar a su lado. Entonces, Sebastiano tomó a Poppy entre sus brazos y la besó apasionadamente. Cuando por fin rompió el beso, la miró y respiró profundamente.

–Tienes que retocarte el lápiz de labios, *bella*. Te espero en la mesa.

–Me gusta.

Sebastiano miró a Lukas. Él no podía dejar de mirar a Eleanore, que acababa de salir del comedor para contestar una llamada de teléfono.

–Eso espero, Te has casado con ella.

–Interesante. Desviando la conversación con humor –comentó Lukas–. Pensaba que lo que había entre vosotros era algo casual. Gracias por aclarármelo.

–Solo porque ahora estés casado, Kuznetskov, no intentes estropearnos la vida al resto de los hombres.

–Entonces, ¿no hay nada?

–Exactamente. No hay nada entre Poppy y yo –mintió.

–Pues me podrías haber engañado.

–Es cierto. Ella era mi becaria y me ha echado una mano en una situación complicada. Lo que importa, es que, a partir de ahora, tratarás conmigo en vez de con mi abuelo. ¿Qué más podría yo desear?

–¿A Poppy Connolly?

–Mira, Kuznetskov, me alegro mucho de que te vaya bien en el amor, pero no todos queremos lo mismo. Personalmente, no estoy interesado en cortarme la coleta ahora ni nunca.

–Vaya, vaya... Entonces, no te importará que le dé su número de teléfono a mis amigos –bromeó Lukas.

–¡No seas imbécil! Además, dudo que ella tenga tiempo de salir con tus amigos.

Poppy trabajaba por las noches, lo que le preocupaba mucho. Sebastiano odiaba la idea de que tuviera que hacerlo para conseguir salir adelante. Maldita sea, si su tercer deseo no era una buena cantidad de dinero, iba a tener que decirle lo que pensaba de ella.

Los dos hombres siguieron hablando de negocios, pero, en cuanto Poppy regresó al comedor, Sebastiano dejó de escuchar a su amigo.

–Por cierto, te lo recomiendo.

Sebastiano lo miró sin saber a qué se refería Lukas.

–¿Qué es lo que me recomiendas?

–La vida de casado.

Sebastiano no pudo responder porque, justo en aquel momento, Poppy llegó a su lado. Ya solo tuvo ojos para ella. Era una mujer inteligente, cariñosa, con carácter y con la que mejor encajaba sexualmente.

Entonces, comprendió que su objetivo había cambiado sin que él se diera cuenta. Ya no se trataba de convencer a su abuelo de que la relación entre ellos era real, sino... sino... Frunció el ceño. No sabía de qué se trataba. Tan solo que la deseaba de nuevo.

Rumió la idea, mientras seguía observándola. Ella devoraba con fruición un postre y lamía la cuchara con gusto. Justo en aquel instante, Poppy se giró para mirarlo y lo sorprendió.

–¿Quieres un poco?

Sebastiano asintió y dejó que ella le introdujera en la boca la cuchara con el helado. Los ojos de ella se oscurecieron de repente, tanto que tuvo que bajar los párpados para que no se le notara el deseo que estaba experimentando. Sebastiano sintió una extraña sensación en el pecho. Siempre había creído que la verdadera felicidad era algo que no volvería a sentir nunca, pero estaba creciendo dentro de él, de un modo completamente inesperado.

–Está bien, tortolitos –dijo Lukas provocando que Poppy se sonrojara–. Ha llegado la hora de que nosotros nos vayamos a la cama.

–¡Lukas! –le recriminó Eleanore–. Poppy, te ruego que disculpes a mi esposo. Normalmente no es tan grosero...

–En absoluto. Ha sido un placer veros a los dos. Ha sido una noche maravillosa.

Sebastiano se puso de pie.

–Es hora para nosotros también, *bella*.

Capítulo 12

SEBASTIANO colocó una mano sobre la espalda de Poppy y la condujo al vestíbulo del hotel.

—Espera aquí mientras pido un taxi acuático.

Un escalofrío recorrió la espalda de Poppy al pensar que iban a regresar a su hotel. Necesitaba encontrar el modo de protegerse, de mantener a salvo su corazón de Sebastiano, pero sus buenas intenciones se habían desvanecido como el humo en cuanto él volvió a besarla. Sin embargo, eso no cambiaba nada. Sebastiano tan solo la deseaba físicamente mientras que ella... ella... ¿De verdad se estaba enamorando de él?

Imposible. Tan solo estaba confundiendo la lujuria con el amor.

Segura de que podría enfrentarse a lo que aquella noche pudiera depararle sin caer en la trampa de pensar que Sebastiano deseaba más de ella de lo que resultaba evidente.

Sebastiano no tardó en regresar, acompañado por las miradas de apreciación de todas las mujeres que había en el vestíbulo. ¿Era posible que hubiera un hombre tan guapo y sensual? No era de extrañar que las mujeres cayeran rendidas a sus pies igual que le había pasado a ella.

Observó cómo se dirigía hacia ella con gesto poderoso y masculino. Sabía que, en cierto modo, estaba loca por haberse puesto en su camino, pero le resultaba imposible resistirse.

Durante un momento, el miedo se apoderó de ella.

Todo su ser le decía que aquello no podía terminar bien. Que no terminaría bien.

–¿Lista, becaria?

Poppy decidió que no podía confiar en su voz para responder, por lo que se limitó a asentir y dejó que Sebastiano la llevara al exterior, donde ya los estaba esperando el taxi. La noche era maravillosa y unos delicados copos habían empezado a caer del oscuro cielo.

–Es mágico... ¿Podríamos ir andando?

–¿Ir andando?

–Sí... Todo es tan bonito con la nieve y yo no sé si volveré a venir a Venecia. Hay tanto arte por todas partes...

Sebastiano contuvo una maldición. El deseo era tal que su plan había sido llevarla al hotel tan rápidamente como fuera posible.

La tomó entre sus brazos y la miró atentamente.

–Bueno, yo tengo planes de inspeccionar también una bonita obra de arte...

–¿De verdad? –susurró ella. Poppy se arqueó hacia él tan solo un poco e inmediatamente los senos se le irguieron, como si estuvieran buscando las palmas de las manos de Sebastiano–. ¿Qué clase de arte?

–Bueno... –musitó, inclinándose sobre ella sin besarla, tentándola–. Es suave y tiene curvas –añadió, demostrándoselo con las manos–. Y tiene valles ocultos y hermosas montañas...

Incapaz de contenerse, le cubrió con la mano una de ellas, moldeándosela y disfrutando con sus susurros de placer.

–Pues me parece... maravilloso –dijo ella. Comenzó a acariciarle los hombros y los brazos–. A mí tampoco me importaría explorarlo...

–Sí, *dolce mia*. Volvamos al hotel... Tenemos muchas cosas que explorar...

La besó profundamente, al tiempo que murmuraba

en italiano palabras que la animaban a darle más. A dárselo todo.

–Bastian... deseo...

Poppy separó las piernas y él deslizó el muslo entre ambas.

–Eso es... justo ahí...

–Muy bien, Poppy –susurró él–. Dime lo que deseas. Lo que necesitas.

Lo que él necesitaba era llenar el cuerpo de ella con el suyo hasta que ya no pudiera pensar. Hasta que el intenso deseo por hacerla suya lo ayudara a sacarse el sentimiento de que algo le faltaba a su vida.

¿Faltarle? Eso no era posible. Su vida estaba completa. No le faltaba nada. Sin embargo...

¿Le faltaría ella?

Aquel pensamiento casi bastó para separarla de ella, pero entonces, ella gimió y se apretó un poco más contra él.

–Sebastiano, por favor...

Sin importarle donde estaban, Sebastiano le colocó la mano sobre el trasero y unió un poco más sus cuerpos. Se estuvieron besando unos minutos hasta que Sebastiano ya no pudo aguantar más.

–Basta de juegos –gruñó él–. Es mejor que nos vayamos al hotel antes de que nos encierren...

–No quiero esperar más. Estoy desesperada por tenerte...

Los dos se montaron en el taxi.

–Cuando lleguemos por fin a la habitación –le advirtió–, espero que estés húmeda y lista para mí porque no voy a esperar. ¿Nos puede llevar al Gritti Palace?

Poppy se acurrucó contra Sebastiano. Se sentía plena, como si ya hubieran hecho el amor.

–Por cierto –murmuró ella mirándole con una misteriosa sonrisa en los labios–. Ya lo estoy.

–¿Qué?

–Húmeda...

–Cuando lleguemos a la habitación, vas a tener problemas –le advirtió él. Entonces, comenzó a acariciarle suavemente el muslo.

–No hagas eso –le recriminó ella temerosa de que el taxista pudiera verlos.

–Hemos llegado, *signor.*

–Estupendo.

Sebastiano ayudó a Poppy salir del barco y pagó. Entonces, le agarró la mano y la hizo entrar en el maravilloso hotel. Una vez en el vestíbulo, la condujo rápidamente al ascensor e insertó la tarjeta para que los llevara a su planta. Cuando se cerraron las puertas, la empujó contra la pared y le colocó la cabeza en ángulo para poder besarle el cuello.

El trasero de Poppy se apretaba contra la entrepierna de él. Sebastiano gruñó de placer. La deseaba tanto... Le levantó la falda del vestido y comenzó a acariciarle los muslos, que iban cubiertos con medias.

–Esto va a tener que desaparecer –le dijo. La delicada tela se desgarró fácilmente entre sus dedos y gruñó de nuevo al acariciarle por fin la piel–. Eres tan sexy...

El ascensor se detuvo por fin.

–Ya estamos. Vamos a la habitación.

Cuando estuvieron dentro, se quitó la chaqueta y la camisa.

–Eres magnífico... –susurró ella–. El domingo pasado me moría de ganas por acariciarte el torso en tu despacho...

–Hazlo ahora –le ordenó mientras se aplicaba a desabrocharle la cremallera del vestido. Se detuvo tan solo un instante cuando ella se inclinó sobre él para darle un beso en los firmes pectorales. Estos se contrajeron con fuerza y Sebastiano notó que ella se echaba a reír.

–Me gusta que estés tan duro por todas partes...

Comenzó entonces a lamerle los pezones. Sebastiano le enredó los dedos en el cabello y le sujetó la cabeza con fuerza, dejándola que explorara. Después, comenzó a descender, siguiendo la línea del vello... una línea que terminaba en una potente erección.

–Poppy... Te necesito, *bella*. Desesperadamente.

Con un rápido movimiento, terminó de quitarle el vestido y la tomó en brazos. Sus labios no tardaron en encontrar los de ella.

En cuanto llegó a la cama, la dejó sobre el colchón y se tumbó encima de ella tomándole entre los labios uno de los gloriosos pezones y dándose un festín.

Ella gritó de placer y Sebastiano deslizó la mano hasta la entrepierna, encontrándola húmeda y preparada. Se deslizó sobre su cuerpo poco a poco, dejándole un rastro de besos a su paso. Entonces, se acomodó entre los muslos de ella.

–Sebastiano, no he... –dijo ella tratando de impedírselo.

–¿Ahora te vas a poner tímida?

–No es eso, pero es que eso es muy íntimo...

–¿Más que tenerme dentro de ti?

–Sí...

Sebastiano soltó una carcajada.

–Eres tan sexy, Poppy –dijo. Le apartó delicadamente las manos y las colocó sobre la sábana–. Cuando sea demasiado para ti, agarra con fuerza las sábanas... –susurró mientras rozaba con la nariz la sedosa feminidad–. Eres muy hermosa. Perfecta en todas partes... y también aquí, donde estás húmeda, esperándome... –añadió. Comenzó a lamerla y gimió de placer al notar su sabor–. Mía... Eres mía...

Capítulo 13

HORAS más tarde, la pálida luz del sol de invierno iluminó a Poppy y la despertó. Estaba sola y las sábanas frías al tacto. Se recordó que Sebastiano se levantaba muy temprano y, tras ponerse el albornoz, cortesía del hotel, fue a buscarlo.

Lo encontró en el pequeño balcón de piedra, contemplando el canal. Una brisa fría le revolvía el cabello. Era tan fuerte y tan masculino, un milagro de la humanidad con el que sentía un poderoso vínculo mientras hacían el amor y que, al menos temporalmente, era todo suyo. Temporal, porque lo que había entre ellos se basaba en una mentira, en una falsedad que, al menos para ella, no lo era. O al menos en aquellos momentos. Sabía perfectamente qué era lo que había entre ellos. Sabía que Sebastiano formaba parte de otro mundo y que no tenía intenciones a largo plazo con ella. Igual que ella para él...

«Mentira. Si él quisiera más, no lo dudarías».

—*Buongiorno* —le dijo él tras darse la vuelta—. ¿Qué tal has dormido?

—Como un tronco.

Sebastiano extendió la mano para que se reuniera con él. La tomó entre sus brazos y le indicó la vista.

—Hace una mañana preciosa, ¿ves? ¿Qué te dije?

Poppy comprendió que se estaba refiriendo a las vistas. Admiró la decadente ciudad, que se extendía a su alrededor iluminada por los tenues rayos del sol.

–Es preciosa. Maryann me dijo que lo era, pero creía que estaba exagerando.

–¿Qué es Maryann para ti?

–Es mi salvadora. Perdió a su marido por un cáncer hace muchos años y cuando nos encontró, éramos almas perdidas.

–¿Cuántos años tenías?

–Yo tenía diecisiete y Simon siete –dijo rápidamente. Decidió cambiar de tema. No quería que los recuerdos del pasado estropearan el momento–. ¿Es esa la isla de Murano?

–Explícate –insistió él mientras estudiaba su rostro.

–Está bien –contestó ella–. El día que conocí a Maryann, estaba en la estación de Paddington tratando de encontrar un lugar cálido para que Simon durmiera. Él estaba enfermo y...

–¿Cómo has dicho? ¿Y por qué no os ibais a casa, o a un hospital, si tu hermano estaba enfermo?

–No podía ir al hospital porque aún no tenía los dieciocho años y temía que los de Servicios Sociales me separaran de mi hermano. Y no teníamos casa. La última casa de acogida era horrible y yo pensé que estaríamos mejor solos. Resultó que no tenía razón...

–Sigue...

–¿Tengo que seguir? –le preguntó. La mirada de Sebastiano le sirvió como respuesta–. Está bien. Conocí a un tipo en el tren y le conté lo que me pasaba. Él se ofreció a ayudarme prestándonos una habitación que tenía libre... Tan solo diré que él buscaba un pago por la habitación que yo no estaba dispuesta a pagar y nos echó a la calle...

–*Maledizione*, Poppy, te podría haber hecho daño o haberte matado...

–Es una suerte que Simon sea sordo, porque no se enteró de nada. Estaba dormido.

–¿Tu hermano es sordo?

–Sí.

–¿Y has cuidado de él toda la vida?

–Desde que tenía dos años. Yo montaba un escándalo cada vez que los de Servicios Sociales trataban de separarnos. Creo que lo conseguí porque nadie quería a un niño sordo y, además, yo era la única que podía tranquilizarle.

–Eres increíble, ¿lo sabes? –dijo él, mirándola con admiración–. Fuerte, sexy y hermosa por dentro y fuera... Bueno, creo que ya hemos hablado demasiado –añadió mientras le desabrochaba el cinturón del albornoz–. Gírate hacia la balaustrada...

–¿Qué vas a hacer?

–Te voy a mostrar lo que me haces sentir. Inclínate hacia delante –le susurró al oído–. Y no te sueltes...

Horas más tarde, Sebastiano se despertó sobresaltado. En la habitación, solo se escuchaba la suave respiración de Poppy. Estaba completamente dormida.

El sexo había sido diferente. Tal vez menos intenso, pero, de algún modo, más poderoso. Pensó en despertarla, algo que no le costaría demasiado, para que volvieran de nuevo a gozar el uno del otro.

Se suponía que aquello solo iba a ser una noche más, pero Sebastiano se estaba empezando a dar cuenta de que quería más. De algún modo, lo había imaginado dado que había intentado poner distancia entre ellos durante el vuelo a Venecia. No lo había conseguido.

Enojado consigo mismo, se levantó de la cama y fue a la ducha. Los dos habían compartido ya detalles de su pasado. Lo que había comenzado como una mentira, había dejado de serlo. Poco a poco, todo se había hecho real y, en aquellos momentos, Sebastiano no quería que terminara. Al menos por el momento. ¿Por qué tendría que terminar? No estaban haciendo daño a nadie ni estaban rompiendo ninguna ley. Tan solo estaban sacándose aquella atracción del cuerpo hasta que ya no hubiera nada.

Más tranquilo, regresó al dormitorio para despertar a Poppy. Ella se tapó el rostro con la almohada y trató de seguir durmiendo, pero él se la quitó y se inclinó para besarla. ¿Había sido alguna vez tan feliz?

Su alegría desapareció de repente. Sí. Cuando era niño había sido inmensamente feliz. No tardaría mucho en comprender lo rápidamente que se podía perder todo por una mala decisión.

Regresaron a Nápoles a última hora del día. Estaba ya casi anocheciendo cuando llegaron por fin a Villa Castiglione. Las horas pasadas en Venecia habían sido perfectas. Tan maravillosamente normales que Poppy se había olvidado de que su situación no lo era. ¿Se habría olvidado Sebastiano también?

Sabía que estaba a expensas de lo que él quisiera hacer. Recogería sus cosas y regresarían a Londres. ¿Qué ocurriría cuando él la dejara en la puerta de su casa? ¿Le daría las gracias por todo con un apretón de manos o...?

Casi se había olvidado del tercer deseo, pero estaba segura de que Sebastiano no la dejaría en paz hasta que no se lo concediera. ¿Qué podría pedirle cuando él era lo único que deseaba? Aunque habían pasado otra noche juntos, nada había cambiado entre ellos.

De repente, Sebastiano se volvió para mirarla y le dijo:

—Quiero verte en Londres. Tal vez nuestra relación empezara siendo falsa, pero ya no lo es. ¿Por qué darla por terminada prematuramente cuando no es necesario?

Poppy quería gritar de felicidad, pero no lo hizo. Lo que Sebastiano le ofrecía parecía demasiado bueno para ser verdad y tenía miedo de hacerse ilusiones.

–¿Y cómo vamos a conseguir que funcione? Yo tengo muy poco tiempo libre y, entre tu horario y el mío, creo que no tendríamos tiempo para vernos.

–Yo haré que funcione. Para empezar, te compraré una casa nueva en algún lugar en que sea menos posible que me roben el coche cuando vaya a verte. Y quiero que dejes ese trabajo nocturno. Te daré una cantidad que creo que encontrarás más que generosa. Tu nuevo trabajo será ser exclusivamente mía.

–Sebastiano, por favor...

–Jamás he hablado más en serio. Dime que sí.

El coche se detuvo frente a la casa. Aunque Poppy sabía que no debería hacerlo, no podía negarse...

–Sí.

Sebastiano la besó antes de que ella pudiera explicarle sus objeciones sobre el apartamento y el dinero, haciendo que el pensamiento pasara a un segundo plano.

Sebastiano le sirvió vino a Poppy mientras ella contaba su viaje a Venecia, para delicia de los encantados abuelos. Parecía que adoraban a Poppy. Era como si ella les hubiera hechizado, al igual que había ocurrido con Lukas y Eleanore. Si no tenía cuidado, ella se convertiría en una parte permanente de su vida sin que él se diera cuenta.

La miró fijamente mientras hacía que el vino girara en su copa. Parecía tan feliz... Le encantaba verla sonriendo, como estaba en aquellos momentos y los ojos llenos de luz.

–Eso sería estupendo –murmuró Poppy.

Sebastiano frunció el ceño al notar que ella tenía un aspecto culpable. ¿Qué era lo que sería estupendo?

–Sé que a Simon les encantaría conoceros y también a Maryann. Yo puedo preparar el almuerzo para todos...

¿Que iba a preparar el almuerzo para sus abuelos? ¿Qué era lo que se había perdido? Esperaba que ella comprendiera que lo suyo no se trataba de algo a largo plazo. Estaba encantado de instalarla en un nuevo apartamento y darle una vida mejor, ir a visitarla, pero en cuanto a lo demás... De hecho, ni siquiera había pensado conocer a su hermano o a Maryann...

La frente se le cubrió de sudor y sintió una sensación parecida a las náuseas en el estómago. De repente, se preguntó cómo era posible que Poppy, que siempre había presumido de su independencia y de pagar sus propias facturas, hubiera aceptado mudarse al apartamento sin pestañar, justo en el momento en el que él se lo decía. Era casi como si hubiera estado esperando que se lo ofreciera.

Frunció el ceño. ¿Acaso había caído en sus garras sin darse cuenta?

–Sebastiano, estás muy pálido –le dijo su abuela.

–Sí, *scusa, nonna* –replicó mientras se levantaba de la mesa–. Poppy y yo nos tenemos que marchar.

–¿Te ocurre algo?

–¿Por qué han dicho mis abuelos que iban a venir a Londres? ¿Y por qué te ofreciste a prepararles el almuerzo?

–No lo sé... En realidad, no quería hacerlo. Soy muy mala cocinera, pero me salió cuando dijeron que venían de visita... ¿Qué querías que dijera? ¿Que no vinieran?

–No, claro que no. Es que... es que no me lo esperaba...

–¿Qué más te pasa? ¿Acaso lamentas haberme dicho que quieres continuar con lo nuestro?

–Bueno, es que de repente me he puesto a pensar que aceptaste muy rápidamente mi oferta de un apartamento. ¿Es ahí donde te imaginabas haciéndoles la comida a mis abuelos?

–Claro –replicó ella, indignada. De repente, había comprendido lo que le ocurría a Sebastiano–. Pero tendrá que ser un apartamento de lujo, con vistas a la catedral de San Pablo. Porque me lo vas a comprar con vistas a San Pablo, ¿verdad?

–Poppy... Lo siento... –susurró mientras atravesaba la habitación para tomarla entre sus brazos–. No debería haber dicho eso –añadió. Ella se zafó de su abrazo y se dirigió hacia el dormitorio. ¿Adónde vas?

–A hacer las maletas –contestó ella. A cualquier sitio en el que él no pudiera ver que los ojos se le habían llenado de lágrimas.

–Estás enfadada...

–Sí, pero conmigo misma. No te preocupes. Me lo tendría que haber imaginado.

–Poppy escucha –dijo él agarrándola del brazo para que se detuviera–. No puedes culparme por haber pensado eso. Tú dijiste que esto era como un cuento de hadas, ¿recuerdas?

–Sí, lo recuerdo. Perdona...

–No seas así. Tú fuiste la que le metiste esta idea a mi abuelo en la cabeza. ¿De verdad me puedes culpar por haber pensado brevemente que estabas esperando que ocurriera algo así?

–En absoluto. De hecho, tienes razón –dijo ella secamente–. Esperaba que tu abuelo entrara en tu despacho y pensara que éramos pareja y que, al final, tú terminaras enamorándote de mí tan profundamente que los dos podríamos vivir felices para siempre en un ático. Un plan estupendo, ¿no te parece?

–Lo siento... Veo que me he equivocado al decir eso...

–Así es, pero lo pensaste y la verdad es que no quieres nada más que una relación temporal conmigo. Por lo tanto, al final es irrelevante.

–¿Estás diciendo que tú sí?

–No –replicó ella mirándolo fijamente. Sebastiano no la quería del modo en el que ella lo quería a él–. Sin embargo, voy a pedir mi tercer deseo.

–¿De qué se trata? –dijo él con cautela.

–Que no nos volvamos a ver nunca.

Capítulo 14

V EO QUE vas a regresar a Londres...
Sebastiano no levantó la mirada cuando su abuelo entró en la biblioteca. Se limitó a seguir mirando la foto que tenía en la mano antes de dejarla sobre la mesa.

–Sí. Fue buena idea pasar la semana en Roma. Así conozco mejor el funcionamiento de todo y sé lo que hay que hacer.

–¿Y vas a ver a Poppy en Londres?

–No –respondió. Sabía que sus abuelos habían notado que ocurría algo cuando ella se despidió de ellos el lunes con los ojos llenos de lágrimas–. Lo de Poppy nunca iba a ser una aventura estable.

–¿Aventura? ¿Qué manera es esa de hablar sobre Poppy?

–Mira, tengo que reconocer una cosa. No me siento muy orgulloso, pero ya no lo puedo cambiar. Te mentí sobre mi relación con Poppy porque quería que me entregaras CE. Por lo tanto, si prefieres cambiar de parecer y darle el puesto a otra persona, no me opondré...

–Ni hablar. Tú eres el hombre adecuado para ese puesto. En cuanto a la mentira, yo no vi ninguna mentira entre Poppy y tú. En tu despacho, noté algo entre vosotros y pensé que ella podría devolverte a la vida. No me equivoqué. Lo hizo. Y ahora tu estúpido orgullo lo va a estropear todo. ¿Cuánto tiempo más vas a seguir castigándote por lo que ocurrió hace quince años?

Sebastiano pensó en las palabras de su abuelo. ¿De verdad iba a culparse para siempre? ¿Cómo podría haber tratado a Poppy del modo en el que lo había hecho? ¿Cómo podría haber pensado que Poppy tan solo iba buscando su dinero?

Miró la foto que inconscientemente había vuelto a tomar entre las manos y tragó saliva.

–Toma –le dijo a su abuelo, entregándole la foto que había encontrado boca abajo en un cajón–. Pertenece a la pared de fotos de la abuela, ¿verdad?

–Sí... –susurró el anciano mirando la foto de Sebastiano junto a sus padres, tomada poco antes del accidente.

–Creo que lo he fastidiado con Poppy... –musitó. Ya no tenía dudas. La amaba perdidamente.

–Le dije a tu abuela que esta vez no iba a respetar tu intimidad para dejar que solucionaras esto tú solo. Eres demasiado testarudo.

–Debería estar furioso contigo...

–¿Sí? –replicó el abuelo–. Ya me darás las gracias.

–¡Parece un cuento de hadas? –exclamó Maryann con un suspiro.

–Pues no lo es –replicó ella. Había pasado ya una semana sin noticias de Sebastiano y estaba muy triste–. Además, hay cosas más importantes por las que preocuparse. ¿Cómo estás? ¿Qué han dicho los médicos?

–Estoy bien. Los síntomas han mejorado y voy a empezar el nuevo tratamiento experimental la semana que viene.

–Genial. ¿Estás segura de que no te importa que Simon se quede a dormir esta noche? –le preguntó.

Había aceptado un turno doble para compensar la ausencia de la noche del lunes.

–Por supuesto. Me ayuda mucho.

–Es muy bueno. Muchas gracias. Soy muy afortunada por haberte encontrado.

–La afortunada soy yo. Me iluminasteis la vida el día que os encontré.

Las dos se abrazaron con fuerza y Poppy se marchó. Mientras iba en el metro, se puso a pensar que siempre tendría en el recuerdo lo vivido en Italia, de las noches pasadas en brazos de uno de los hombres más poderosos del mundo, de lo mucho que lo había amado y de lo mucho que siempre lo amaría...

De repente, el tren se detuvo en su estación. Se dispuso para bajarse y salió al exterior. Tan sumida iba en sus pensamientos que ni siquiera se dio cuenta de que estaba lloviendo... Se dirigió a las primeras oficinas que tenía que limpiar, cerca de Charing Cross y se concentró en su trabajo. Dos horas después estaba tan cansada que ni siquiera podía pensar. Uno de sus compañeros le informó que otro, Bernie, iba a salir a comprar cafés para todos y le preguntó si quería uno. Poppy aceptó encantada.

Unos minutos más tarde, oyó que entraba alguien en el despacho que estaba limpiando. Debía de ser Bernie con el café.

–Déjalo ahí encima de la mesa. Gracias, Bernie.

–No soy Bernie.

Se quedó atónita al escuchar la profunda voz de Sebastiano y se dio la vuelta con el plumero en la mano. Sin que pudiera evitarlo, golpeó al italiano con el palo en la mano y le derramó el café que él llevaba en la mano, manchándole de nuevo la camisa.

–¡Sebastiano! ¿Qué estás haciendo aquí?

–Buscándote... y dejando que me manches de café otra vez...

Inmediatamente, Poppy agarró un puñado de pañuelos de papel y se los entregó.

–¿Y por qué me estabas buscando?

–Te estaba buscando porque, hace cinco horas, me di cuenta de que había sido un idiota. Quería decirte que te amo y quiero pedirte que te cases conmigo.

–¿Perdona?

–Eso digo yo, *bella*. Perdona. Siento haberme dejado llevar por el pánico y haberte hecho sentir tan mal la otra noche. Siento haber tardado una semana en darme cuenta y siento haber asociado durante tanto tiempo el amor con el dolor hasta el punto que creí que estaba mejor sin él. No es así. Tú me lo has demostrado.

–¿Sí?

–Sí. Te enfrentas a todo lo que te ocurre y solo buscas lo mejor para los demás. Yo, por el contrario, siempre buscaba lo peor. Buscaba. En pasado. Te amo, Poppy. Te amo con todo mi corazón y sé que te prometí darte tres deseos, pero el último... Si quieres que lo cumpla, lo haré, pero tienes que saber que no es lo que quiero.

–Sebastiano...

Poppy quería creerlo. No sabía si podría. Entonces, Sebastiano le agarró las manos.

–Sé que estás asustada, *amore mio*. Yo también lo estoy, pero voy a dejarme llevar por lo que me parece que está bien...

–¿Sí?

–Sí. Llevaba años perdido antes de que tú entraras en mi vida y ya no quiero seguir viviendo así.

–Creo que vas a tener que pellizcarme...

–¿Para demostrarte que esto es real?

–Sí. No me puedo creer que esto esté ocurriendo...

–Eso es porque te han defraudado muchas veces las personas más cercanas a ti. Y ahí me incluyo yo. Sin embargo, tú me enseñaste a sentir. Te amo, Poppy. Si me lo permites, me pasaré encantado el resto de mi vida demostrándotelo.

Los ojos de Poppy se llenaron de lágrimas. Entonces, Sebastiano se puso de rodillas y se sacó un estuche del bolsillo.

–Tradicionalmente, regalarte cosas no me ha ido muy bien. Espero que esta vez sea la excepción... –dijo. Abrió la caja y le mostró un enorme diamante.

–¡Dios mío! Me van a atracar si me lo pongo...

–No. Porque yo estaré a tu lado para protegerte –dijo él. Entonces, le tomó la mano entre las suyas–. Poppy Connolly. ¿quieres casarte conmigo, permitirme que te ame y que os cuide a Simon y a ti durante el resto de mi vida?

Poppy miró a Sebastiano. Se sentía tan feliz que creía que podría explotar.

–Bueno, la otra noche yo tampoco luché por lo que sentía. Si lo pienso bien, esperaba que me dejaras...

–No te culpo. ¿Me perdonarás alguna vez?

–Por supuesto que sí. Te amo...

Sebastiano se puso de pie y la estrechó entre sus brazos para besarla.

–Entonces, ¿me estás dando el sí?

–¿Me vas a ofrecer otros tres deseos si me niego?

–No. Vas a ser tú la que me los dará a mí.

–¿Cómo?

–Sí. Deseo número uno. No me volverás a dar un café... –comentó él señalándose la camisa.

–En realidad, esta vez me lo habías traído tú... –replicó Poppy, plena de felicidad.

–Dos: andarás desnuda por nuestra casa el resto de tu vida.

–Te aseguro que esto no va a ocurrir. ¿Y el tercero?

–Tres: prometerás amarme para siempre, aunque lo más probable es que te enfades conmigo a veces.

–Trato hecho, Bastian... Te amo tanto...

–*Grazie a Dio!* –exclamó él suavemente–. Ahora, tienes que enviarles un mensaje a Simon y a Maryann. Dijeron que, si no habían tenido noticias tuyas antes de una hora, iban a mandar una patrulla de búsqueda. Maryann también me dijo que te diera las gracias por su apartamento.

–¿Se lo has dicho?

–No fue necesario. Mientes muy mal, *amore mio*...

–Lo sé... Se me nota todo en la cara. Es algo que tengo que cambiar.

–No lo hagas. No quiero que cambies nada. Eres perfecta, Poppy.

Sebastiano la tomó en brazos e, inmediatamente, ella se aferró a él, rodeándole el cuello con los brazos.

–Me siento como si estuviera en la escena de una película.

–De eso nada. Esto es real al cien por cien. E iremos todos los años a Venecia a celebrarlo. ¿Te gustaría?

–No me importa mientras estés a mi lado.

–Para siempre, becaria. Para siempre...

Bianca

El espectáculo debe continuar...

LA CORISTA Y EL MAGNATE

LUCY ELLIS

Para la bailarina de *burlesque* Gigi Valente, *El pájaro azul* no era solo un cabaré o un trabajo... era el único hogar verdadero que había conocido. No permitiría que el nuevo dueño, Khaled Kitaev, lo destrozara. A pesar de que su cuerpo temblaba ante su magnífica presencia...

Aunque admiraba su pasión, Khaled consideraba a Gigi una cafortunas más. Pero cuando sus intentos por llamar su atención quedaron recogidos por las cámaras, el poderoso ruso tuvo que llevarse a Gigi precipitadamente a su mundo. ¡Con ella a su lado, la reputación de Khaled como mujeriego bajó, pero sus acciones subieron! ¿Cuánto tiempo podría mantener a aquel pajarillo de espíritu libre encerrado en su jaula de oro?

Acepte 2 de nuestras mejores novelas de amor GRATIS

¡Y reciba un regalo sorpresa!

Oferta especial de tiempo limitado

Rellene el cupón y envíelo a
Harlequin Reader Service®
3010 Walden Ave.
P.O. Box 1867
Buffalo, N.Y. 14240-1867

¡Sí! Por favor, envíenme 2 novelas de amor de Harlequin (1 Bianca® y 1 Deseo®) gratis, más el regalo sorpresa. Luego remítanme 4 novelas nuevas todos los meses, las cuales recibiré mucho antes de que aparezcan en librerías, y factúrenme al bajo precio de $3,24 cada una, más $0,25 por envío e impuesto de ventas, si corresponde*. Este es el precio total, y es un ahorro de casi el 20% sobre el precio de portada. !Una oferta excelente! Entiendo que el hecho de aceptar estos libros y el regalo no me obliga en forma alguna a la compra de libros adicionales. Y también que puedo devolver cualquier envío y cancelar en cualquier momento. Aún si decido no comprar ningún otro libro de Harlequin, los 2 libros gratis y el regalo sorpresa son míos para siempre.

416 LBN DU7N

Nombre y apellido	(Por favor, letra de molde)

Dirección	Apartamento No.

Ciudad	Estado	Zona postal

Esta oferta se limita a un pedido por hogar y no está disponible para los subscriptores actuales de Deseo® y Bianca®.
*Los términos y precios quedan sujetos a cambios sin aviso previo.
Impuestos de ventas aplican en N.Y.

SPN-03

©2003 Harlequin Enterprises Limited